JUMP j BOOKS

Muhyo & Roji

ムヒョとロージーの
魔法律相談事務所
魔法律家たちの休日

西義之 ☆ 矢島綾

装丁・本文デザイン　宮越甲輔（Beeworks）

JUMP j BOOKS

ムヒョとロージーの魔法律相談事務所

魔法律家たちの休日

西義之☆矢島綾

Characters
人物紹介

草《くさ》野《の》次《じ》郎《ろう》(ロージー)

ムヒョの助手である一級書記官。彼とは対照的に気が弱いところがある。

六《む》氷《ひょう》透《とおる》(ムヒョ)

若くして執行人となった天才魔法律家。冷徹だが正義感もある。

黒鳥《くろとり》理《り》緒《お》(リオ)

カリスマ魔具師だったが『箱船』に寝返った過去から魔法律協会に監視されている。

我《あ》孫《び》子《こ》優《ゆう》(ビコ)

ムヒョたちとはMLS時代の同期生で、有能な魔具師。師匠のリオを慕っている。

火《ひ》向《むかい》洋《よう》一《いち》(ヨイチ)

ムヒョのMLS時代の同期生で敏腕裁判官。女の子が大好き。

毒島《ぶすじま》春美《はるみ》

今井と同期の執行人。美人だが酒癖が悪い。副業は運送業。

今井《いまい》 玲子《れいこ》

勇猛果敢で名を馳せている裁判官。ちゃんと女の子らしいところもある。

竹乃内《たけのうち》 菜々《なな》(ナナ)

ムヒョたちの事務所に出入りしていた女子高生。色々な事件に巻きこまれた。

円《まどか》宙《そら》継《つぐ》(エンチュー)

ムヒョたちとはMLS時代の同期生。協会に反逆し、現在は幽閉されている。

恵《え》比《び》寿《す》花《はな》夫《お》(エビス)

裁判官。ゴリョーに常に付き従い、忠誠を尽くしている。

五《ご》嶺《りょう》陀《だ》羅《ら》尼《に》丸《まる》(ゴリョー)

執行人。若くして一流魔法律事務所・五嶺グループの頭取をつとめる。

Index
もくじ

※この作品はフィクションです。実在の人物・団体・事件などには、いっさい関係ありません。

プロローグ

みなさん、お久しぶりでやんす。

え？　誰だ、オマエって？　またまたぁ……そんな冷たいことを。あっしです。七面犬《しちめんけん》でやんすよ。ええ、地獄の使者でやんす。

はあ、使者ってえのは、一体全体、なんなんだって？

わかりやすく言いやすと、霊が現世で悪さをする——それを罰するのが魔法律家《まほうりつか》——そんでもって、その最高位である「執行人」が、地獄から召喚するのがあっしら使者なんでやんす。ええ、普段は地獄にいるんでやんすよ。

そんなわけで、使者が現世にいられるのは、フッー、「執行人」が魔法律を行使する間だけなんでやんすが……あっしは、特別仕様ってんですか？　いつでも召喚出来るんでやんすよ。

ちょいとばっかし、便利でやんしょ？

それで、へへ、「擬態の力を駆使し霊の犯罪を暴くスペシャリスト」なんつって、六氷《むひょう》殿にお褒めいただいたこともありやしてねぇ。まあ、その後に「他はサッパリのカスだ」

なんてキビシイお言葉を頂戴したんでやんすけどね。トホホ……。

ええ、六氷殿については、よぉ～く知ってるでやんすよ。

史上最年少で「執行人」になったお方でやんす。使者の契約数はそれこそ桁外れ。その中には「地獄《じごく》の六王《ろくおう》」の一人「冥王《めいおう》」までいるってんだから、驚きでやんしょ？

つまり、天才なんでやんすよ。

それも、とびっきりの。

しかも、師匠はあの伝説の執行人・ペイジ殿。

そのペイジ殿が手塩にかけて育てられたんでやんす。

才能にも師にも恵まれ、傍《はた》から聞けば羨ましい限りでやんすが……まぁ、あのお方の場合は、その並外れた才能が仇《あだ》になったってんですかねぇ……六氷殿の魔法律学校《MLS》時代の親友の一人が——エンチューってんですがね——これが、六氷殿を妬むあまり、深い闇の底に堕ちちまったんでやんすよ。

挙句、「箱舟《はこぶね》」ってえ名前の禁魔法律家の集団を率いて、悪行の限りを尽くし、魔法律協会を滅ぼそうとしてきた。そう。すべては、六氷殿を苦しめる為でやんす。

結構、ヘビーでやんしょ？

もっとも、六氷殿はそんなことで大人しく潰されるようなお方じゃなし、なんやかんやあって、逆に「箱舟」を壊滅させ、親友の心も闇から救い出したってんでやんすから、まったくもってすごいお人でやんすよ。あのお方は。

憚《はばか》りながら、その際はあっしも一肌脱いだんでやんすよ？　毒島《ぶすじま》執行人ンとこの梅吉《うめきち》のダンナと一緒に「箱舟」のメンバーの手練《てだ》れ一人と死闘を繰り広げたりなんかしてねぇ。

え？　カッコイイでやんすか？　見直した？　へへへ、照れるでやんすねぇ。そんなに褒められても、何も出ないでやんすよ？　そりゃあ手強《てごわ》い相手で、勝てたのは、梅吉のダンナや六氷殿、毒島執行人、それから六氷殿の助手のお陰でやんすから。

——そうそう。その六氷殿のことで忘れちゃいけないのが、その助手でやんす。

魔法律家の間じゃ、ちょいと有名なんでやんすよ。

凸凹コンビって。

え？　ああ——……まぁ、背も高いでやんすけど、そういうわけじゃなくて……じゃあ、どういうわけだって言われると、悩んじまう。

え？　どんな奴なんだって？　うーん……正直、ぱっとしないお人でやんすよ。六氷殿みたいに天才なわけじゃなし。ひょろっこくって、泣き虫で。しかも、大の怖がり。

でも、とんでもなくあったかいお人なんでやんすよ。

それこそ、自分を殺そうとした人間や霊にまで涙し、情けをかけるようなお人でやんす。

悪く言えば、底抜けのお人好し。

良く言えば――――やっぱり、底抜けのお人好し。

六氷殿はそういうところがよかったんじゃないんでやんすか？

だから、他の誰でもないあのお人を選んだ。

……って言っても、使者のあっしに人の心がわかるわけじゃねぇんで、あんましえらそうなことは言えないんでやんすけどね。

まぁ、事務方を取り仕切る相棒がそういうお人なんで、六氷殿の事務所はそのネームバリューに反して儲《もう》かってないどころか、かなり貧窮してるみたいでやんすよ？

その様たるや、赤貧洗うが如し。

あまりの極貧ぶりに、あの地獄の四賢者の一角・幽李《ゆうり》殿が二人を案じているとか、いないとか……。

おや？　気になるでやんすか？

でしたら、直接、事務所に行ってみたらどうでやんしょ？

六氷殿と助手の草野《くさの》殿に会いに。

六氷魔法律事務所へ――。

きっと、草野殿がとびきり美味しい紅茶を淹《い》れてくれるでやんすよ。

第1条

潜入捜査

「依頼、こないねぇ～……ムヒョぉ」

　磨きすぎて、すでに空を拭いているようになってしまった窓ガラスを前に、ロージーがはぁーっと切ないため息を吐《つ》く。

「電話も全然、鳴らないし……」

　依頼用に引いている固定電話を恨めし気に見やる。「さっきだって、やっと鳴ったと思ったら、間違い電話のおじいちゃんだったしさ。トホホ」

　両の眉を情けなく下げるロージーに、

「そういや、その間違い電話で、一時間近くもだらだらくっちゃべっていやがったアホがどこかにいたナ」

　仕事机でジャビンをめくっていたムヒョが、皮肉交じりに言う。「その間に、ホントの依頼の電話があったら、どうするつもりだ？　え？」

「!!」

思わずビクリとしたロージーが、だってぇ、と口を尖《とが》らす。

「すごくやさしいおじいちゃんだったし、最近、年のせいか腰が痛いってしょんぼりしてたから、なんとか元気づけてあげたくて――」

「顔も見たこともねぇ、じーさんを元気づけてるヒマがあったら、とっとと、昼メシ作りやがれ」

「うぅ……はーい」

辛辣な上司に半ベソで応え、ロージーがすごすごとキッチンに向かう。

事務所の脇にあるキッチンはやや手狭だが、手入れが行き届いている。コンロもシンクもピカピカだ。

「はあ～、今日は何にしようかなぁ」

食材の乏しい冷蔵庫を開け、なんとか本日の昼食分を確保しようとロージーが頭を悩ませていると、事務所のチャイムが遠慮がちに鳴った。

「！　お客さん!?」

ぱっと顔を上げたロージーの双眸《そうぼう》が期待に輝く。

「はぁ～い!!　今、出まーす!!」

勢いよく冷蔵庫のドアを閉め、

Muhyo To Roji No
Mahouritsu
Soudan Jimusyo

「六氷《むひょう》魔《ま》法律《ほうりつ》事務所へようこそ!!」「ひっ……」

半ば飛びつくように玄関の扉を開けると、すらりと背の高い少女が怯《おび》えた顔で立っていた。

高校生ぐらいだろうか?

今時、珍しい古風なセーラー服に、おさげの三つ編みという出で立《いた》ちが、なんとも楚々《そそ》としたうつくしさを醸し出している。

「あ……あの……」

「わ、ゴメンゴメン! つい、お客さんが来てくれたのがうれしくて――って、驚かせちゃったよね? ホント、ゴメンね?」

じりじりと後退《あとずさ》る少女に、ロージーが慌てて謝罪する。

そして、

「どーぞ、どーぞ」

「……」

「あ、よかったら、スリッパ使って」

と応接スペースへ誘《いざな》った。

「そこ、どうぞ。今、紅茶を淹《い》れるから」

「あ……いえ……」

「ちょっと、待っててね」

そう言ってキッチンへ向かい、鼻歌交じりに紅茶を淹れて戻ると、少女は少し落ち着いたようで、おずおずとティーカップに手を伸ばした。

「――いただきます」

優雅な動作でカップを口に運び、一口飲むと軽く目を瞠《みは》った。

「まあ、美味《おい》しい……」

「ホント？　よかった」

ロージーが破顔する。

「……ローズティーみたいですけど、ちょっと違う感じですわ」

「うん。一応、ボクのオリジナルブレンドなんだ。ダマスクローズ以外にも色々混ぜてあるんだよ。エヘヘ」

「ティーカップも……前もって温めてあるのですね」

「あ、わかってくれるんだ？　うれしーな。それだけで、だいぶ美味しさが違うんだよね」

「ええ、香りや風味が格段に」

「だよねえ」

その後、しばらく紅茶談義で盛り上がり、少女がすっかりリラックスしたところで、

「――じゃあ、そろそろ、いいかな?」

と声をかける。

すると、こちらも頃合いを見計らったように、ムヒョが左どなりの席にどすっと腰かけてきた。ここら辺は、阿吽《あうん》の呼吸だ。

ロージーが、両腕を組んだ恰好《かっこう》で偉そうにふんぞり返っている上司を指さし、

「こちらが、当事務所の執行人で、六氷透《とおる》」

と紹介し、それから、自分を指して、

「ボクは、彼の助手で一級書記官の草野次郎《くさのじろう》です。ムヒョとロージーって呼んでね」

お決まりの台詞《せりふ》を笑顔で付け加える。

少女は「ロージー様」「ムヒョ様」と二人の名前を声に出して反芻《はんすう》すると、

「私《わたくし》は万里小路桜子《までのこうじさくらこ》と申します」

と名乗り、深々と頭を下げた。きっちりと編んだ長いおさげが、肩から胸元へとはらりと零《こぼ》れ落ちる。

「こちらの事務所のことは、五嶺《ごりょう》様にお聞きしました」

「え?　ゴリョーさんに?」

「はい」

「…………」

驚くロージーの横で、上司の眉がピクリと動いた。

「――以前に一度、父の経営している会社のいざこざで、お世話になったことがあって……元々、祖父が先代頭首と懇意にしておりましたこともあり、今回もご相談させていただいたのですが、それならば……とこちらの事務所を教えていただいたんです」

桜子が六氷魔法律事務所にやってきたいきさつを順を追って説明する。「その件ならば、自分たちよりも適任の者がいるから、と」

「はっ!? ゴリョーさんたち……まさか、ボクたちが貧窮してるのを知って？」

手で口元を覆ったロージーが、涙を流さんばかりに感激していると、

「バカか。テメェは」

なんとも剣呑《けんのん》な表情を浮かべた上司に、一笑に付された。

「あの坊ちゃんが、そんな殊勝なたまだと思ってんじゃねーだろうナ？ オメェ。事務所乗っ取られたことを忘れたのか？ アア？」

「だって!! それから後は、エビスさんとは強化合宿で一緒に頑張ったし、トーマスから協力してゴリョーさんを助け出したり、逆に、協会での戦いでは、危ないところを二人に助けてもらったじゃないか!?」

「だから、もう仲良しだとでも言いてぇのか？　共に死線をくぐった仲だから、お友達だとでも？」

「うん!!」

一寸の迷いもなくロージーが肯《うなず》く。

その澄んだ眼差《まなざ》しに、ムヒョが「アホめ」と大きく舌打ちする。

「いいか？　昨日の敵は今日も敵だ。味方になんざならねぇ」

よく覚えとけ、と言うムヒョに、ロージーが眉を寄せる。

「もう！　ムヒョったら、そんなことばっかり言って!!」

「あのハイエナ野郎のことだ。自分たちもやべぇような、とんでもねぇ案件を押し付けてきやがったのかもしれねぇゾ」

「どうして、そんな意地悪な見方しかできないのさ！」

ロージーがプンプン怒ってみせる。

そして、ぐっと利き手を握りしめると、

「ボクはゴリョーさんとエビスさんを信じる!!」

そう宣言した。

「フン。勝手にしろ」

「勝手にするもん！」

「…………あのう……」

二人のやりとりをオロオロと見守っていた桜子が、ためらいがちに声を上げる。

「！　あ、ゴメンゴメン。こっちの話」

ロージーは慌てて笑顔になると、話を元へ戻した。「それで？　桜子ちゃんの相談っていうのは？」「…………」

桜子は膝の上に置いた両手をぎゅっ……と握りしめると、

「実は――」

と震える声で話し始めた。

「半月ほど前から、私たちの学園で、夜毎《よごと》、恐ろしいことが起こっているのです」

「恐ろしいこと……？」

ロージーがごくりと唾を飲みこむ。一級書記官に昇進し、いっぱしの魔法律家を気取っている彼だが、未だに怖い話や幽霊は苦手だったりする。「どんなことなの？」

「口に出すのも恐ろしいことです…………おそらくは、悪霊の仕業かと……」

桜子が血の気の失せた顔で告げる。

「悪霊……」

ロージーの顔からも血の気が引く。

桜子は、はい、と重々しく肯くと、

「学友の皆様も、深いショックを受けております……被害に遭われた方々の中には、寝こんでしまった方もいらっしゃいますわ……私、もう、どうしていいか」

そこで感極まったように、はらはらと涙を零した。

「そ、そんなに……？」

ロージーが再び唾を飲みこむ。

（ムヒョの言う通り、あのゴリョーさんやエビスさんにも手に負えないほどの悪霊だったら……）

背中を嫌な汗が伝う——が、急いで首を振り、弱気な想像を振り払った。

仮に、どんな悪霊だったとしても、ムヒョが負けるはずがない。

ムヒョは最強の執行人なんだから。

（ボクだって、昔のボクとは違う……！　全力でムヒョをサポートすれば、絶対、大丈夫だ!!）

胸の奥で、そう決意していると、

「御二方《おふたかた》には、本学園の生徒に変装し、霊を祓《はら》っていただきたいのです」

桜子がすがるような声で懇願してきた。

「もちろん、大変、不躾《ぶしつけ》で失礼極まりないお願いだとは存じております。ですが、もう、私には御二方におすがりする他ないんです……」

そのまま、今にも泣き崩れてしまいそうな桜子に、ロージーが力強く肯いてみせる。

「任せて！ ボクら、前にも何度か学校には潜入してるし、こう見えて、ボク、変装は大得意だから!!」

ロージーが薄い胸を叩《たた》くと、涙に濡《ぬ》れた桜子の顔がぱあっと綻んだ。

「ああ……ありがとうございます!! ロージー様、ムヒョ様!!!」

初めて、年頃の少女らしい明るい表情を見せる桜子に、ロージーはうんうんと肯いていたのだが――。


「――オイ、ヘボ助手。これでもオマエは、まだあのクソ野郎共を信じていやがんのか?」

「う……うう………」

いつもの十倍――いや、千倍は殺気立った上司にギロリと睨《にら》まれ、ロージーがまさに身の置き所のない顔で、

「ゴメンよう……ムヒョぉ」

と世にも情けない声を上げる。

「ゴメンで済むか。このアホが」

「だって、まさか……こんなことになるなんて思わなかったんだもん!!」

そう叫び、ふえーんと泣き出すや否や、

「うるせェ！　泣くな！」

両目を吊《つ》り上げたムヒョに殴られ、ロージーが大袈裟《おおげさ》に痛がる。

「痛い!!　ひどいよぉ、ムヒョぉ～……」

「誰のせいで、こんなフザケタ恰好《かっこう》をしてると思ってんだ？　ア？」

「う……」

それを言われてしまうと、まさにぐうの音も出ない。

ロージーはスースーする足元を気にしながら、いじけてその場にうずくまった。

「だって、まさか……忍びこむ先が、全寮制の女子校だなんて思いもしないもの——」

依頼人・万里小路桜子の在籍する高校は、日本でも有数のお嬢様学校。しかもミッション系の全寮制スクールだったのだ。

その名も聖ラファエル女学院——。

当然、男子禁制である。

学園長、教師は全員が敬虔《けいけん》なシスター。園医、事務員、調理師、清掃員、警備員に至るまで、全員女性で、生徒の父兄であっても学園に入るには何十枚という書類が必須。挙句、その書類が許可されたとしても入れるのは学園の敷地内まで、少女たちが暮らすアザレア寮には決して立ち入れない——という徹底ぶりだ。

そんな禁断の園に入るべく、女装を余儀なくされた二人は、セーラー服に三つ編み（＝カツラ）という姿で、寮の空き部屋に潜んでいる。

因《ちな》みに、寮長である桜子から、

Mahouritsu
Soudan Jimusyo

『お名前の方も、皆様の前では——ムヒョ子様、ロジ子様——ということにしていただけませんでしょうか？　くれぐれも殿方であることが露見せぬよう、何卒《なにとぞ》、お願い申し上げます』

とやんわり釘《くぎ》を刺されている。

その真剣極まりない顔から、桜子が大真面目《おおまじめ》であることは、ひしひしと伝わってきていた。

しかし……。

（ムヒョ子とロジ子って……）

ロージーですら、あまりの安直さに脱力し、頭を抱えたくなった。

案の定、ムヒョの怒りたるや相当なもので、日々叱られ慣れているロージーでも、震え上がった。今も、空気を介してピリピリとした怒りが伝わってくる。

何より居たたまれないのは、善意の塊のような少女たちが、誰一人疑うことなく、『ロジ子様』『ムヒョ子様』と呼び、慕い、心底、頼りにしてくれていることだ。

『ムヒョ子様、お寒くありませんこと？　毛布をお持ちいたしましたので、よろしければお使いくださいませ』

『温かなお茶をどうぞ。ロジ子様』

『ロジ子様、ムヒョ子様。どうか危ないことはお止《や》めになってくださいましね？』

『私、御二人の為に、一晩中、お祈りしておりますわね』

『あら、私も』

『ええ、私も。皆様でお祈りいたしましょう』


一寸の穢《けが》れもない眼差しで見つめられ、あまつさえ自分たちの身を気遣う言葉をかけられる度に、ロージーの胸はズキズキと痛んだ……。


「みんな、ホントいい子だよねぇ……ボク、騙《だま》してるみたいで心苦しくて……」

「クソが。ゴリョーの野郎、覚えてやがれ」

「……うぅ……ゴリョーさんもエビスさんもひどいよぅ…………信じてたのに」

メソメソとつぶやくロージーに、

「テメェがアホなだけだ。このクズ」

ムヒョがなんとも辛辣な言葉を投げつける。

そして、不意に……その両目を細めた。

「――来たゾ」

と声を落とす。

窓際の壁に背中を預ける形で胡坐《あぐら》を（！）かいていた上司は、いつの間にか立ち上がり、鋭い視線を窓の外に据えている。

その両手に、執行人の象徴である魔法律書は――――ない。


「逃がすナ」

「――うん」


神妙な顔で息をひそめたロージーの手にも、術を放つ為のペンとフダはなく――代わりに桜子からわたされたモップの柄をぎゅっと握りしめる。

暗い窓の外で、ガサガサと木々をかきわける音がする。

曇りガラスの向こうで、黒い影が蠢《うごめ》く。

ムヒョが窓に手をかけ、

「行け」「!!」

上司の合図に、ロージーが天高くモップを振《ふ》り翳《かざ》す。

「チェストオオオオオォォォォォォォォーーーーーー!!!!!!!!」

「!?」

迸《ほとばし》る気合と共に、ロージー渾身《こんしん》の一撃が、怨霊——ならぬ下着ドロボーの脳天に炸裂《さくれつ》した……。

「そっかぁ……そ、それは……さ、災難だったな…………ロジ子いやロージー……ぶっ……ゴホゴホゴホ——」

「……ムリしないで、普通に笑っていいですよ。ヨイチさん」

しょんぼり顔のロージーがそう言うと、火向洋一《ひむかいよういち》裁判官ことヨイチは、ようやく赦《ゆる》しを得たとばかりに腹を抱えて笑い転げた。

まるで絵本の世界から飛び出したかのような街並に、無遠慮な笑い声が響きわたる。

魔法律協会内で偶然、出会ったヨイチに、愚痴を聞いてもらっているのだが、心が楽になるどころか、じわじわと傷口を広げられているような気がした。

「ギャハハ……ムヒョ子って……！！！　オマエ……アハハハハハ！！！！！」

まるで笑いの発作に襲われたようにしつこく笑っているヨイチに、ロージーが半泣きで抗議する。

「うぅ………いくら笑っていいって言ったからって……そんなに、全力で笑わなくったって」

「ああ、悪ぃ」

と謝りながらも、まだ、顔の下半分が緩んでいる。

「しかも、相手は霊じゃなくて、生身の人間だったんだろ？　女装までして下着泥棒退治たぁ、散々だったな」

「そうなんです。霊に取り憑《つ》かれてるってわけでもない、本当にただの下着泥棒だったんですよ。――でも、桜子ちゃんたちが、絶対、信じてくれなくって……」

その時のことを思い出し、はぁ～、とロージーがため息を吐く。

『――というわけで、霊の仕業じゃなかったんだけど、泥棒はちゃんと捕まえたから、もう安心していいよ』

そう言って、ロープでぐるぐるに縛った犯人を引き渡したのだが、桜子を始めとする寮生たちは、

『いいえ、ロジ子様。やはり、霊の仕業ですわ』

と断固、言い放った。

『この方ではなく、悪霊が悪いのです』

『え？　でも、この人に霊の気配はないし……』

と狼狽《ろうばい》するロージーに、桜子がきっぱりと首を振り、

『いいえ、これほど残忍かつ悪辣非道で恥知らずなことを、まっとうな人間が出来るはずがありません』

『残忍……』

確かに、非道と言えば非道だし、被害者の少女たちの気持ちを考えれば、絶対に赦されることではない。

そこまでは、ロージーも同感だ。

だが、残忍とまで言われるほどひどいことだろうか……。

不安になったロージーが、となりに立つムヒョをそっと盗み見る。

だが、三つ編み姿の上司は、これっぽっちの興味もないとばかりに、そっぽを向いている。


『きっと、この方には凶悪な霊が憑いていらっしゃるのですわ』

『でなければ、こんな恐ろしい真似《まね》、決してできませんもの』

『そうですわ。こんな外道な真似』

『ああ……若い身空でお可哀想《かわいそう》に……』

『もう少しの辛抱でございますことよ？』

『ロジ子様、ムヒョ子様。お願いでございます。どうか、忌まわしき悪霊を祓い、この御方をお救いくださいませ』

『もとの善良な殿方にお戻しくださいませ』

『お願いでございます』

『ムヒョ子様』

『ロジ子様』

穢れなき少女たちはこぞって真珠のような涙を流しながらそう言うと、罪深い下着泥棒の為に、一心に祈り始めてしまったのだ。

真夜中の寮で、無心に祈るラファエルの乙女たち――。

その清らかな姿に、ロージー以上に狼狽したのが犯人の男だった。

居たたまれなさのあまり、

『もう、二度とこんな非道で悪辣な真似はいたしません!!　心を入れ替え、誠心誠意真面目に生きます!!!』

最後には、そう言って号泣した。

少女たちは男が悪霊から解放されたことを涙ながらに喜び、直ちに解放しようとしたが、

そこは曲がりなりにも犯罪者だ。

『ボクらが、無事、家まで送り届けるから……』

と言って誤魔化し、家ではなく最寄りの交番に送り届けた次第である――。

「うーん……女装はゴメン被りたいけど、聖ラファエルの乙女たちに囲まれるのは、羨ましいような……あそこの制服、露出はイマイチだけど、そこがまた可愛《かわい》いんだよなぁ〜。初々しくて……三つ編みも清楚でいいし」

しまりのない顔でつぶやくヨイチに、

「ヨイチさん……」

ロージーが呆《あき》れ半分、恨めしいの半分という目で見ると、すぐに、

「冗談だって」

と笑ったが、どこまで本気かあやしいものだ。

「ホント、大変だったんですから」

ロージーが片方の頬《ほお》を膨らませる。

「ムヒョはカンカンだし。交番では、女装を不審がられて、逆に捕まりそうになるし……」

「ぶ!!」

またしても、ヨイチが笑いの発作に襲われる。あやしさ満点の姿で逮捕されかける二人を想像したのだろう。

ロージーはトホホとため息を吐いた。

実際には、大変だったのはそれだけでなく、
『ムヒョ子様って、小っちゃくって可愛らしくて、まるでお人形さんみたい』
『ええ、本当にお可愛らしくていらっしゃるわ』
『お肌もすべすべで、まるでマシュマロのようですわ』
『ああ、これからもラファエル女学院に通ってくださればいいのに』
『そうですわ。ムヒョ子様とご一緒出来たら、どんなに楽しいか』

と少女たちに囲まれてしまった上司が、いつ爆発するか、気が気ではなかった上に、
『モップで悪霊を退治されただなんて、本当に勇敢ですのね』
『なんて素敵な方なんでしょうと、先程もみなで申しておりましたの』
『ロジ子お姉様とお呼びしてもよろしいかしら』
『まあ、私もそうお呼びしたいわ』
『私も』

ロージー自身、少女たちに慕われ、這《ほ》う這《ほ》うの体《てい》で逃げてきたのだが、そこは――ヨイチの反応がまた面倒臭そうなので――己の胸の内だけに留めておく。

ヨイチはまだしつこくゲラゲラ笑っていたが、ようやく落ち着いたのか、

「しかし、まあ――」

と独り言のようにつぶやいた。「あの坊ちゃんもまた、スゲエ仕事を投げて寄越してきたのな」

ムヒョが怖くねえのかな、と小首を傾《かし》げるヨイチに、ロージーが再び、ずーんと落ちこむ。

「…………信じてたのに……ゴリョーさんもエビスさんも、ひどいや」

ゴリョーはともかく、共にブイヨセンと戦ったエビスにまで裏切られたという思いがロージーをしゅんとさせる。

「グスン……ボク、もう誰も信じられない」

「まーまー」と、ヨイチが取り成す。「別に、アイツらだって嫌がらせの為ってよりは、からかい半分だろ。特に、悪意があってのことじゃねえだろうさ。だから、そんなに落ちこむなって。な?」

そう言うと、

「で?　これから、『悪夢』に行くって?」

と話題を変えた。

「あ、はい――」ロージーが顔を上げて肯く。

悪夢というのは、ナージャ長井《ながい》が経営する魔具《まぐ》屋のことだ。魔法律書から破魔丸《はまがん》まであらゆる魔具が売られている。

店主のナージャはムヒョやペイジの昔馴染《なじみ》で、一見、偏屈そうだが気のいい老人である。

「久しぶりに新しい魔具を見てこようかと思って。お店の前でギンジさんと待ち合わせしてるんです。その後で、近くのお肉屋さんで、牛肉たっぷりのコロッケを買って帰ろうかなぁ……と」

そこで、ロージーの目がひどく遠くを見つめた。

牛肉たっぷりの高級コロッケ――。

滅多に拝めないそれは、言わずと知れたムヒョへの貢ぎ物である。

ヨイチがそれを察したように、同情気味に尋ねてくる。

「なんだよ。まだ、ムヒョの機嫌、悪いわけ？」

「…………」

ロージーが無言でこくりと肯くと、ヨイチがあちゃーという顔になった。

「だったら、いっそコロッケより、松阪牛のステーキとかにした方がよくないか？　桜子ちゃんだっけ？――その子から、ちゃんと依頼料もらったんだろ？」

「はい。でも……それは、最後の手段にとっておきたいんで」

久しぶりに入った依頼料は、滞っていたガス代や電気代、新聞代で半分ほど消えたし、来月には水道代の支払いもある。

「余裕がある内に、お米や小麦粉も買わなきゃならないし……お醤油《しょうゆ》も切れてるし――あと、トイレットペーパーも残り一ロールしかないし、ラップも残り少ないし……あ！　明日は魚八《うおはち》のセールもあるんだ。アラの詰め合わせ買っとかなきゃ」

「主婦だなぁ～、相変わらず」

ヨイチが感心したようにうなる。

そして、角の所まで来ると、「んじゃ」と片腕を上げた。「オレは、こっからビコのアパートに行くから」

「ビコさんの？」

「ああ。うっかり、ペンを壊しちまってさ。先の方が、ボキッといっちまったんだ。直してもらわねえと、仕事になんねぇのよ」

ヨイチがひょいっと肩を竦《すく》めてみせる。

「じゃあな、ロージー」

「あ！」

と我に返ったロージーが、

「ヨイチさん、今の話、くれぐれもビコさんやリオ先生たちにしないでくださいね!?　今《い》井《い》さんや毒島《ぶすじま》さんとかにも!!」

そう念を押す。

ビコや今井はともかく、リオや毒島はこういったことを面白がりそうだ。何より、依頼内容をバラしたことをムヒョに知られたら……。

ブルリと震えたロージーが、

「ムヒョにも内緒にしてくださいね!?　ね!?」

何度も念を押す。

ヨイチが笑いながら、

「わかった、わかった」

と繰り返す。

「言わねーから、心配すんなって」

「絶対ですよ!?」

「オレも男だ。女の子たちには、ぜってぇ話さねーよ」

そう宣言すると、道の向こうへとわたって行った。

その背中を見送ったロージーが、

「――よし。まずは、コロッケ。具だくさんのちらし寿司。それから、から揚げにエビフライ。ローストビーフにビーフシチュー。次が、特製ハンバーグシチューで、最後に松阪牛のステーキだな」

と、上司の機嫌を直す為に捧げる供物の段階を、指折り確認する。そして、ふーっと重たい息を吐き出した。

果たして、どの程度の出費で抑えられるだろうか？

「から揚げくらいで機嫌が直ってくれると、いいんだけどなぁ……」

そうしみじみとつぶやきながら、ロージーもまた友の待つ魔具屋へ、ゆっくりと歩き出した。

——その数日後。

『ロージー君!!　一生のお願い!!　その時の写メ、送って!!!　ムヒョの女装、見たいよー!!!　お願い!!!』

から始まる、長く熱いエンチューからのメッセージが次々と入り、その対処に追われることになろうとは、この時のロージーはまだ、知る由もなかった。

しかも、運悪くそれを上司に見られ、この世のものとは思えぬ恐怖を体験した挙句、段階を一気にすっとばして、松阪牛を買いに行かされる羽目になろうとは……。

それこそ、夢にも思っていなかったのである——。

エンチュー

本当に、本当にその時の写真ないの？　ロージー君。ほんのちょっと写ってるだけでもいいからさぁ～ (；∀；) ｵﾈｶﾞｲ

ロージー

ホントに撮る暇なんてなかったんですよぅ……というか、そんなこと思いもしなくて……ムヒョ、めちゃくちゃ怒ってたし。ボク、怖くて怖くて ((((；ﾟДﾟ))) ｶﾞｸｶﾞｸﾌﾞﾙﾌﾞﾙ

エンチュー

わあーん！！　ロージー君だけズルイ！！！　ボクもムヒョの女装見たかったよおぉぉぉ。ﾟ(PД`q*)ﾟ。

ロージー

うぅ；ゴメンなさい il||li(つд-。)il||li

エンチュー

ねえ、もう一度、その子たちから依頼が入ることはないの？

ロージー

うぅ……本当にゴメンなさい

エンチュー

もしくは、他の学校とかでもいいんだけど。ていうか、この際、ただ女装してくれるだけでも——

ロージー

エンチューさぁん（涙）もう、ゆるしてくださぁーい！！！

第2条

やさしい道化

「まったく、もう……どこ行っちゃったんだろう。ヨイチの奴」

人呼んで「魔具師《まぐし》のビコ」こと我孫子優《あびこゆう》はそうつぶやくと、ぷーっと頬《ほお》を膨らませた。側《そば》にあったレンガ造りの壁に背を預け、雲一つない空を見上げる。「折角、頼まれたペンの直しが終わったのに」

朝早くから、魔法律学校《MLS》時代の友人・火向洋一《ひむかいよういち》——通称ヨイチを探しまわっているのだが、まるで見つからないのだ。今日は久しぶりにオフだと聞いていたのに、自宅にはおらず、携帯も繋《つな》がらない。

彼の仕事場はおろか、友が行きそうなお気に入りのレストランや、古巣のＭＬＳにまで顔を出したが、どこにも見当たらず、すっかりくたびれてしまった。

魔法律家《まほうりつか》が使うフダや魔封じの筆《ペン》、魔法律書などを作る彼女たち魔具師は、直接戦闘に参加することはまずない。それゆえ、どちらかといえば技術者という立ち位置である。

もっとも、ビコが友人たちより体力に欠けるのは、彼女がいつも背負っている巨大なズ夕袋――ならぬ、道具袋のせいなのだが……。

「はー……」

ビコはすっかり荒くなってしまった呼吸を整えながら、手の中のペンを恨めし気に睨《にら》んだ。

こうなると、オマケにと作ってきたパンすらも、忌々《いまいま》しい。

「――よし。直し賃にお届け料金二千円、上乗せしよう」

そう決意する。

元々、お金にはシビアなところのあるビコだ。

しかも、箱舟《はこぶね》との戦いの際に倒壊してしまった『ビコズオフィス』を建て直す為には、

先立つものが必要である。

(弟子《みんな》たちの為にも、師匠の為にも、いつまでも賃貸アパートの一室で営業しているわけにはいかないもんな……)

魔具師は経営者――ビコの信条である。

(多少、がめつくいかなきゃ)

爽やかな初夏の風が吹く石畳の上で、そんなことを考えていると、

「「おや――」」

「！」

Muhyo To Roji No
Mahouritsu
Soudan Jimusyo

二つの声が同時に耳に届いた。

顔を上げると、知り合いの双子が愉快そうにこちらを見つめている。

「誰かと思えば」

「ビコ師じゃないか」

「……リリー、マリル」

ビコがその名前を呼ぶと、

「「やあ、お久しぶり」」

二つの唇が、おそろいの三日月を描く。

一見、ほんの子供でありながら、魔法律研究で知られる彼らは『魔法律博士』と呼ばれ、その筋ではかなり有名だ。尊敬の対象でもある。

戦いの終焉《しゅうえん》と共に行方をくらました元箱舟メンバーで禁魔法律家のレオ《フ》ーニ《リ》・フリオ《オ》ニールなどは、彼らに会えた感激のあまり、その場にジャンピング土下座し、震える手でお近づきの飴《あめ》をそっ……と差し出したほどだ。

「こんなところで、何をしているんだい？」とマリル。

「天気がいいからお散歩かしら？」とリリー。

「それにしては、浮かない顔だな」

「まさか」

「『男にフラれた？』」

一つに重なった声は、いかにも愉《たの》しげだ。おそろいの赤いセルフレームの眼鏡の下で、四つの青い瞳がケラケラと笑っている。

「違う」

ビコがすばやく否定する。

この双子が、年の割に、昼ドラやワイドショーのようなドロドロとした話題が好きだと、ロージーから聞いたのを思い出したからだ。

「ヨイチに頼まれたペンの直しが終わったから、直接わたして、料金を請求しようと思ったんだけど」

「けど？」

「どこにもいないんだ」

アイツの行きそうなとこは全部探したのに、と言うと、軽く瞬《まばた》きした二人が顔を見合わせた。

男と女であるから二卵性であるはずなのに、この双子は本当によく似ている。純粋に顔だけを見れば、真ん中に鏡を置いたようにそっくりだ。

「火向裁判官なら、魔法律図書館にいたが？」

兄のマリルが、彼の背後にそびえたつ塔のような建物を指さす。

現在までに出版されたすべての魔法律関連書物が、一般の書物と共に所蔵されている巨大な書庫だ。その所蔵数はおよそ三千万冊とも言われている。

「図書館!?」ビコは驚きのあまり、声を裏返した。「図書館だって!?」

「「そんなに驚くところかい？」」

双子が再びおかしげに笑う。

「だって、あのヨイチだよ？　エンチューならわかるけど……ヨイチは昔っから、勉強とか大っ嫌いだったし」

学生時代にも、図書館はおろか、学園内の図書室さえテスト前限定でしか近づかなかったはずだ。

それこそ、明日、槍《やり》が降るのでなければ——。

「もしかして、すごい美人さんの司書がいるとか？」

ビコが真剣に尋ねる。

「オッパイの大きい」

「いや。そこらへんのことは、よくわからないが……」

メガネの中央をくいっと押し上げたマリルが、愉快そうに答える。「ともかく、現時点で彼は魔法律図書館にいて、何やら調べものに精を出しているよ」

「だから、私たちもまわれ右して帰ってきたというわけ」

となりで、妹のリリーがやれやれと肩を竦《すく》める。

マリルが細い顎《あご》を手前に引いて同意を示した。

「ああ、色々詮索されて、あれこれうるさく聞かれるのも面倒だしね」

「一々誤魔化すのも大変だし」

「アレで、なかなかどうして勘がいいしな」

「そうそう。普段、ちゃらんぽらんなくせに、あの人のことになるとやたら熱くなっちゃうしね」

「何より、ごたごたして〝巣〟の場所まで嗅ぎつけられたら事だ」

「まあ、面倒なことは避けるが勝ちさ」

「？」

よく意味のわからないやりとりに、ビコがとんがり帽子の下で眉をひそめる。

詮索？

誤魔化す？

何のことを言っているのだろう？

だが、この双子が不可解なのは、何も今に始まったことではない。

「じゃあ、私たちはこの後、ペイじいと会う約束をしているから」

「前に約束の時間に遅れた罰として、ケーキビュッフェでもご馳走してもらおう」

「それ、いいわね。お兄《にい》ちゃん」

「それじゃあ、ビコ師」

「「ごきげんよう」」

ウフフ、クスクスという笑い声を残し、双子が去って行く。その小柄な後ろ姿は、すぐに街の風景へと溶けこんでいった。

「…………」

ビコは狐《きつね》につままれたような気分で双子の消えた街並みを見つめると、半信半疑のまま、友がいるという魔法律図書館へ足を運んだ。


（本当にいた……）

魔法律図書館の至るところに点在する自習スペースの一つ——その隅っこの机で頭を抱えている友の姿に、ビコが改めて驚く。

てっきり、マリルとリリーの見間違いか——もしくは、あの女好きのヨイチのことだ——美人でオッパイの大きな司書でも口説いていることだろうと思っていたのだが……。

まさか、本当に図書館にいるとは。

「でもなぁ…………あー、くそっ……これも違うか…………」

「…………」

遠目にも真剣なヨイチの顔に、ビコがとんがり帽子の下でそっと目を細める。

ＭＬＳからの友人である円宙継《まどかそらつぐ》ことエンチューが闇に堕《お》ちてしまった時、彼がそれこそすべてを投げ打ってまで、懸命にその行方を追っていたことを思い出す。

おそらくは、また何か厄介な問題が起こり、その調査にでも没頭しているのだろう。

「これじゃねーしな……あー、もう、やっぱ、わかんねえわ…………」

友は、自分を見つめているビコに気づくこともなく、滅多に見せぬ真面目《まじめ》な表情で、時折、何かブツブツとつぶやいている。

ふと、やさしい気持ちになったビコが、

（やれやれ……）

と、胸の中でため息を吐《つ》く。

（お届け料金は勘弁してやろうかな）

経営者としては甘すぎるだろうが、なにぶん、幼い頃からの仲だ。

ゆっくりとビコがヨイチの座っている席へ近づいて行く。それでも、ヨイチはこちらに気づかない。

あとほんの一メートルというところで、ビコが、

「――ヨイチ」

と声をかけると、

「!?　ビ、ビコ!?」

友は授業中の居眠りを見咎《みとが》められた生徒のように、いきなり背筋を伸ばした。

そして、大慌てで机の上の物をかき集めると、ガバッと両腕の下へ隠した。

「？」

友の奇怪な行動に片眉をひそめたビコが、

「何？　今の気持ち悪い動き」

と尋ねる。

「何か隠した？」

「え？　い、いや……別に、なんでもねーよ？」

ヨイチがヘラリと笑う。

「そ……それより、何か用？」

「………」

怪しい。

仮にビコがヨイチの古い友人でなかったとしても、ピンと来ただろう。

ビコはわざと興味のなさそうな顔で、ずいっと友に近づくと、

「――コレ。直ったから」

と新品のように磨き上げたペンをヨイチの鼻先に突き出した。

「あ、ああ、それか!?　悪ぃ、悪ぃ。すっかり忘れてたわ」

ヨイチがどこかほっとした顔で、明るく言う。

「サンキュー、ビコ。助かったぜ」

と、やや前かがみの恰好《かっこう》で、片手を伸ばしてくる。もう一方の腕は机の上から動いていい

ない。

その不自然な恰好に、ビコの中で疑念が確信に変わる。

ビコはヨイチの手がペンに触れる寸前で、さっとそれを宙へ逃がした。

「へ？」

「支払いが先」

ヨイチが思わず間の抜けた声を上げる。

「あー……悪ぃけど、つけといてくれねぇ？　後で必ず払うからさ」

「ダメ」

ヨイチの頼みに、にべもなくビコが首を振る。「今、払って」

「なんだよ。ダチじゃねーか」

「友だちでもお金は別」

「ちぇーっ。相変わらずしっかりしてんな。ビコは」

唇を尖《とが》らせたヨイチが、ズボンのポケットから財布を取り出す。その隙に、ビコが友の隠していたものをさっとのぞきこみ――、

「…………」

そのまま凍りついた。

「…………あちゃー……見られちまったか」

片手で額を覆ったヨイチが、悪事のバレた子供のような反応を示す。

「いや、まあ、その……仕事の息抜きっていうかさ」

「…………」

「オーイ？　ビコォー？」

猫撫《ねこな》で声のヨイチに、ビコが至極冷ややかな眼差《まなざ》しを向ける。

友が咄嗟《とっさ》に隠したのは、まだ企画段階の書類だった。


『魔法律協会・新女性制服案』


と記されたその書面には、協会の女性用制服やジャージ、治療師の制服などの新案が詳細なイラストで描かれている。

それだけなら、まあ、多少の気持ち悪さはあるものの、一々、咎めだてするほどでもない。

が――。

ビコがひんやりと尋ねる。

「……なんで、治療師さんの制服が水着なの？」

「!!」

ヨイチがビクッと身を強張《こわば》らせる。

「えーっと」

その視線が不自然に左右に動いた。「アレだよ……それは、ホラ、そっちの方が早く元気になれそうだろ？　その姿で添い寝とかされた日には、も〜、一瞬で元気全開っつーかさぁ……全男性の夢っつーか」

「ジャージが、ブルマとスポーツブラなのも？」

ビコが更に氷のような声で尋ねる。

ヨイチがビクビクビクッと身を強張らせ、

「いや……動きやすいかな？　って思ってさ……アハハハ」

「それに、これ。どう見ても毒島《ぶすじま》さん」

「ホラ、毒島さんすげーボインだし」

「こっちのスケスケのブラウスと、太腿《ふともも》までスリットの入ったスカートをはいてるのは？

今井《いまい》さん？」

「今井さんは……そのオッパイは、ちっぱ——ゴホン、ゴホン!!　スレンダーだけど、ホラ、ああいう感じでクールビューティだろ？　あの二人に頑張ってもらえば、ここんところ下がり気味な協会のイメージアップに繋がるかなぁ〜？　と思ったわけよ」

「………」

「ダ、ダメかな？」

「………」

「ア……アハハハハ……」

「——変態」

ビコがボソリと言う。

「グサ!!」

その一言に、ヨイチが左胸を押える。

「ヨイチなんか死んじゃえ」

「……グサグサ、グサ——」

大袈裟《おおげさ》に悶《もだ》え苦しんだヨイチがバタリと机の上に倒れ伏す。

そして、上目遣いにビコを見上げると、

「ひでーよ、ビコォ……ほんの冗談なのに……グスン」

半ば涙目になって抗議してきた。

だが、ビコはどこまでも冷ややかな眼差しを友へ向け、

「さっさとお金払って」

と片手をヨイチの顔の前へと突き出した。「これ以上、ヨイチと同じ場所で息を吸っていたくないから」

「そ、そこまで言う？　オレ……泣くよ？　泣いちゃうよ!?」

「勝手に泣けば？」

「うわああああああーーーーーーー…………ん！！！！！！！」

どこまでも冷たいビコの態度に、ヨイチが本当に泣き崩れる。

「それから、今日、半日歩かせられたお届け料金、二千円」

「まさかのスルー!?　てか、お届け料金って、何!?　初めて聞いたんだけど!?　どういう値段設定!?」

「時価」

「マジか!!」

トホホと肩を落としたヨイチが、大人《おとな》しくペンの直し賃&お届け料金を払う。

それを自分の財布にしまい、

「毎度あり」

と、ビコがペンを机の上に置く。

その時、いやらしいイラストの下から、何かがのぞいているのが見えた。おそらく、ヨイチが先程、その上に倒れたせいだろう。書類がずれたのだ。

(本……?)

見えたのはほんのわずかな部分で、それが何の本かまでは、ビコにはわからなかった。だが、二枚の葉っぱの絵と『相互作用』という文字が読み取れた。

(相互——……アロロ……パシー……?)

『相互作用』と言えば、お互いに働きかけ、影響し合うというような意味だったはずだ。トマトの畑にバジルを植えると成長が早くなるというのも、確かその作用のせいではなかっただろうか?

(でも、どうしてそんな本をヨイチが?)

ビコの頭の中にクエスチョンマークが飛び交う。

すると、ヨイチが彼女の視線に気づいたように、そっと片手で書類を動かす。

本はまたスケベなイラストの下に消えた。

「…………」「…………——」

ビコが顔を上げる。図らずも友と目が合った。

友はさっきまでしょげ返っていたのもなんのその、にっと微笑《ほほえ》んでみせた。「んじゃ、ビコ。探させて、悪かったな」

「え？　あ、うん――」

「弟子《チビ》たちがオマエのこと待ってんだろ？　早く帰ってやれよ」

「う……うん」

「リオ先生によろしくな？」

「……うん……」

釈然とせぬままに、ビコが肯《うなず》く。

何故《なぜ》か、胸の奥がモヤモヤした。

どういうわけか、この悪友に上手《うま》く丸めこまれたような気がしたのだ。

ヨイチに背を向け、トボトボと歩き出しながら、たった今、目にしたばかりの二つの葉っぱのイラストを思い出す。

アロロパシーという馴染《なじ》みのない単語が、頭をめぐり、先程、会ったばかりのマリルが口にした言葉が耳元に蘇《よみがえ》る。

『ともかく今、彼は魔法律図書館にいて、何やら調べものに精を出しているよ』

（――そうだ）

ヨイチは調べものをしていた、と彼は言っていた。いやらしい絵を描いていたら、その旨を言うだろう。

（あの二人のことだ。絶対、言う）

かなり脚色し、面白おかしく語るはずだ。

ならば、やはりヨイチは何かを調べていたのだろう。

その為に読んでいたのが、あの本だ。

それをビコに知られたくないが為に、スケベなネタで怒らせ、結果、煙《けむ》に巻いたのではないだろうか――？

友は単純明快なように見えて、意外と策士なところがある。子供のように明け透けなようでいて、もしかすると、知られたくない感情を隠すのは、友人たちの中で一番上手いかもしれない。

『だから、私たちもまわれ右して帰ってきたというわけ』

記憶の中のリリーがささやく。

（リリーとマリルは……ヨイチに会いたくなかった？）

あの時は意味がわからなかったが、双子の博士が故意的にヨイチを避けたということだとしたら——。

『ああ、色々詮索されて、あれこれうるさく聞かれるのも面倒だしね』

『一々誤魔化すのも大変だし』

『アレで、なかなかどうして勘がいいしな』

『そうそう。普段、ちゃらんぽらんなくせに、あの人のことになるとやたら熱くなっちゃうしね』

（あの双子は、ヨイチが調べてることを知ってる？）

そして、彼らはそのことをあれこれ問われるのが嫌で逃げた。

「…………」

ビコが足を止める。

ならば、彼らが言うあの人というのは——。

振り向くと、友がどこか不自然にも見える笑顔で、ビコの視線を受け止めた。戸惑うような、探るような声で、「ビコ？」と、その名を呼ぶ。

「どうしたんだ？」

「――――ねえ、ヨイチ」

「ん？」

「……――――」

呼びかけたはいいが、後に続く言葉がなかなか出てこない。ビコは小さな音を立てて乾いた喉に唾を飲みこんだ。

ヨイチが熱くなる人物――。

ＭＬＳ時代の恩師であり、上司でもあるペイジを抜きにすれば、三人の友人だろう。

普段はただのスケベ男だが、その実、ヨイチは誰よりも友達想いだ。

そして、そんな彼が特に親しく想い、常にそのとなりにいたのは――。

『さっすが六氷《むひょう》君～♪　わが事務所のホープゥ～』

ビコの脳裏に、ＭＬＳ時代にゲーム盤を囲んでいた幼い友の笑顔が浮かぶ。

『エッヘッへ。だってカッコよくね？　ナンバーツーってさぁ』

そう言って、照れ臭そうに指で鼻の下をこすって見せたヨイチ。

『あー、いいなー……皆で一緒に仕事できたらなぁ……！』

ビコの描いた事務所の設計図をまるで宝物のように眺めていたヨイチ——。


「——……前にさ」

ようやくビコの唇が動いた。

乾いた喉から、ひどく湿った声が出る。

「ヨイチが助手を無理やりロージーから奪い取ろうとしたのって、ホントに……自分の為だけ？」「………」

ヨイチが一瞬、言葉を失う。

その顔に浮かんだ表情を見るのが、何故か怖くて、ビコは咄嗟《とっさ》に友から視線を逸《そ》らした。

あの時は、ただ単純に、そんな馬鹿な真似《まね》をしたヨイチが腹立たしかった。

折角、エンチューが戻ってきたのに。折角、もとの仲良しの四人に戻れたのに。何もかも元通りだと思えたのに——。

それを台無しにするような行動に出た友を、正直、恨めしく思った。

けれど、よくよく考えてみれば、どれほどムヒョの相棒になりたいからといって、ロージーを破滅させるような真似をヨイチが選ぶだろうか？

ビコの知る火向洋一という男は、自分の夢を叶《かな》える為に、他人を踏みにじるようなことをする男では決してない。


それこそ、二人を引き離した方が、ムヒョの為だというのでなければ……。


「もしかして、ムヒョが時々、起きれなくなることとロージーが、何か――」

「違う」

ビコの言葉を、ヨイチは瞬時に――しかし、やさしく否定した。

顔を上げると友のやわらかい眼差しがあった。

「違うよ。ビコ」

「……ヨイチ」

「いつまでたってもガキでバカなオレが、どうしてもアイツの助手になりたかっただけで、オマエがそんな顔するようなことは何もねえよ」

Muhyo To Roji No Mahouritsu Soudan Jimusyo

「…………」

そう言って明るく笑うヨイチの声も、顔も……何故か胸が軋《きし》むほどにやさしかった。

胸を突かれたビコが黙りこくる。

ヨイチはそんなビコに向け、

「ま、アレだ。結果、こっぴどくフラれちまったけどさ」

おどけるように笑ってみせた。

その眼差しは相変わらずやさしかった。そして、これ以上、しつこく尋ねることをはっきりと拒んでいた。

ビコは小さく嘆息すると、

「――――わかった」

と答えた。

正直、心の底から納得したわけではないし、胸の奥のモヤモヤは一層ひどくなったぐらいだ。

ただ、当の友がそれでいいと言うのなら、その意思を尊重したい。

(ヨイチがいいって言うんだから、それでいいんだ。きっと)

いつか、きっと話せる時がきたら、話してくれるはずだ。

それを待とう。

そう、己を納得させたビコが、ふと、ペンと一緒に友にわたそうとしていた物を思い出す。

道具袋を下ろし、中からゴソゴソと取り出した包みをヨイチに差し出す。

「はい。コレ」

「？　なんだ？　ソレ」

「おまけ。良かったら、食べて」

「おー、おまえの焼いてくれたパンか？」

相好を崩したヨイチの腹の虫が、ぐきゅるるりるる～、と絶妙のタイミングで鳴いた。

「実は昼メシどころか、朝メシもまだでさあ。サンキューな。ビコ」

ヨイチが照れ臭げに笑う。そんな友に、

「スケベなことばっか考えてないで、ちゃんとご飯食べて」

「う……」

「大体、ヨイチは昔っから――」

しかつめらしく説教していたビコの視線が不意に、凍りついた。

「…………」

「？　ビコ？　どうし――」

何気なく友の視線を追ったヨイチが、

「あー……」

と青ざめる。

そこには、先程ビコが目にしたものとは別の制服案があった。

おそらくは、ヨイチが本を隠そうとした時に書類がずれたせいだろう。

あれこれ、言い訳しようと口を動かしかけたが、すぐに、観念した顔で天を仰いだ。

「……………ヨ、イチ」

「……!!……」

地獄の使者さながらの声音で、ビコが友の名前を呼ぶ。

ヨイチの肩がビクンと跳ね上がる。

「これ………何?」

「いや……ホラ、魔具師って、なんか体の線が隠れた、だぼっとした服着てんじゃん？　だ、だから……ちょっと開放的にしたらどーかなぁって……そしたら、〝魔具師〟が動くと〝不吉〟が動くなんて言われることもなくなるだろうしさ……って、ビコ、オマエそんな物騒なもん持ち出して……わ、やめ……止《や》めろって!!　は、話せばわか――

ぎいゃああああああああああああああああああああああああああああああああああああ

TANMA TANMA!!
YOKUMO……
しずかに!!
GYAAAAA

ああ！！！！！！！！！！！！！！！！！！！！！！！」

静かな図書館内に、断末魔の叫びが響きわたる。

因《ちな》みに、『魔具師スタイル案』と記されたその用紙には、彼女の最愛の師匠・黒鳥理緒《くろとりりお》のバニー姿のイラストが描かれていた……。

「あーあ。また、ビコを怒らせちまった……」

首筋をさすりながら、ヨイチがため息を吐く。

あの後、怒り心頭に発したビコに、五十センチ近い身長差をものともせず吊《つ》るし上げら

れた挙句、

『よくもボクの師匠を汚したな』

『ヨイチ、最低』

『スケベ男』

『死んじゃえ』

『図書館の屋根から突き落としてやろうか』

――から始まるありとあらゆる罵詈《ばり》雑言《ぞうごん》を浴びせられ、今しがた、ようやく解放されたのだ。

「おー、痛ぇ痛ぇ……あーあ、折角、作ってくれたパンが凹《へこ》んでんじゃねーか」

去り際、顔面に投げつけられた包みを開くと、サンドイッチがやや潰れかけた状態で出てきた。

言わずもがな、ヨイチの大好物である。

それにほろ苦く笑う。

帽子を取らなければ男か女かもわからず、誰にでもずけずけと物を言い、銭ゲバで、ムヒョに負けず劣らず無愛想なビコだが、昔からこういった細やかで、心やさしいところがある。

「しっかし、アイツは相変わらず、師匠にメロメロだな」

おそらく、リオの手作りであろう木苺《きいちご》のジャムを挟んだサンドを手に、ヨイチが嘆息する。将来が少々不安になるような懐《なつ》き方だ。

まあ、そのおかげで上手く誤魔化せたのだから、結果、オーライと言えなくもないが――。

（それにしても……）

まさか、ほんの手慰みで描いた落書きが、役に立つとは……。

「人生、何が幸いするかわからないってな」

ヨイチが嘆息する。

だが、あの調子ではしばらく、まともに口も利いてくれないだろう。

普段はわりとさっぱりした気性の友だが、ことが師匠絡みであるだけに、存外に長引きそうだ。

「まあ、しゃーねえ。しばらくは、ペンや魔除《まよ》け小太刀《こだち》が壊れないことを祈るしかねえか……」

ヨイチはそうつぶやくと、落書きを横に避《よ》け、席に腰かけた。

読みかけの書物に再び視線を落とし、これでいい——と、胸の内でつぶやく。

ヨイチ自身、すべて理解しているわけではない。

むしろ、わかっていないことの方が多いだろう。

だからこそ、何もかもが推論でしかないようなこの状況下で、やさしい友人に余計な心配をかけるわけにはいかない。

何より……。


「……——」

ヨイチは遠くを見る時のように、そっとその両目を細めた。

ムヒョのあの異常な昏睡《こんすい》状態にロージーが関係しているのだとしても、彼は自分ではなくロージーを選んだのだ。

共に歩んで行く相手に——。

あの——臆病なようで大胆で、底抜けにやさしく、何事にも一生懸命で、側で見ていて恥ずかしくなるほどに真っ直ぐな青年を……。

Muhyo To Roji No
Mahouritsu
Soudan Jimusyo

なら、自分に出来ることは、せめてその道が心安く平らかであるよう見守るだけだ。

思わず、はあーっとため息をがもれる。

「……ったく、オレって結構イイ男だと思うんだけどなぁ？　どーしてこう、みんなにフラれちまうのかねぇ……」

嘯《うそぶ》くようにそう言うと、『最強の裁判官』『魔法律界のプリンス』と謳《うた》われる男は、くしゃりとした笑顔を浮かべ、再び、手の中の本を読み始めた——。

エンチュー

何？　ビコが怒ってるって？

ロージー

はい。すごく怖くて……ﾊｧ…(；- ω -)=3

エンチュー

何か怒らせるようなことしたの？　ロージー君

ロージー

ボクじゃないですよぉ～。ヨイチさんのことを怒ってるみたいなんですけど、怖くてよく聞けなくて；

エンチュー

あー、ヨイチかぁ。それなら、たぶんヨイチのスケベネタだね

ロージー

やっぱり……

エンチュー

ボクも実はアレ、苦手なんだよね（苦笑）ビコはいつも怒ってたかな

ロージー

ボクも苦手で……；ムヒョはあんまり気にしないですよね？　アホめとか言うぐらいで

エンチュー

だね。初めて会った頃からあんな感じだったし、ヨイチ＝スケベって認識してるから、気にならないのかも

ロージー

初めて会った頃から、あんななんですね……ヨイチさん。。。

第3条

秘密の花園

今井玲子《いまいれいこ》は困惑していた。

「な……何なんだ、これは……」

魔法律協会《まほうりつ》きっての武闘派で知られる彼女は、実戦経験も豊富、魔除《まよ》け小太刀《こだち》を持たせたら右に出る者のいない、優秀な女性裁判官である。

そんな彼女が、その部屋の惨状を前に成す術《すべ》もなく、あまつさえ強張《こわば》った顔で立ち尽くしていた。

（どうして……こんなことに――）

混乱した頭で、今井はこの状況に至るまでの経緯を懸命に思い出した。

最初はこんな風ではなかった。

そう。もっとずっとなごやかで、まるで、一面のお花畑にでもいるかのような、そんな雰囲気だったのに……。

「一体……」

彼らに、何が起こったのか――。

――三時間前。

「はい。パン焼けたよ」

と、ビコ。その背中に、

「グラタンも出来上がったわよ」

リオが穏やかな笑顔で続く。

二人が入ってくると、ビコズオフィスの仮作業場兼住居として借りているアパートの一室が、ふんわりと甘い香りで満ちた。

すぐにでもお店が開けるほどの種類のパンも、こんがり香ばしく焼けたグラタンも、ホカホカと湯気が立っている。

「おー、きたきた」

うれしそうにもみ手をする執行人・毒島春美《ぶすじまはるみ》のとなりで、今井が腰を上げる。「ありがとうございます。では、私はお茶を淹《い》れますね」

「え!? お茶なら、私が!! 不肖、竹乃内《たけのうち》菜々《なな》が淹れさせていただきます!」

何故《なぜ》か青い顔になったナナが、今井を押し留めるように立ち上がった。

「いや、菜々殿。お茶ぐらい私が――」

「あ! そうだ!! 私、バイト先からハンバーガーもらってきたんです。それをお皿に並べてもらえますか?」

「? ああ……わかった」

今井が肯《うなず》くと、ナナは明らかにほっとしたようにキッチンへ向かった。何故か、リオもビコもそろって安堵《あんど》の表情を浮かべ、毒島一人が笑いを噛《か》み殺している。

「?.?.?」

今井は釈然としないまま、ナナにわたされた紙袋を開け、大きめの皿二つにハンバーガーとポテトを並べた。

まだ、ほんのりと温かいバンズに挟まれた、真っ赤なトマトとテリヤキソースたっぷりのベジチキが、いかにも食欲をそそる。

ナナいわく、『リコピンマンの大冒険』という人気マンガとのコラボメニューだそうだ。

因《ちな》みに、ポテトはトマトケチャップで炒《いた》め、軽く黒コショウをまぶしてある。

「人気商品で午前中に売り切れちゃうから、店長に頼んで取っておいてもらったんです」

キッチンから食器の音と共にナナの明るい声が響く。

「それは、楽しみだな」

今井が微笑《ほほえ》むと、横から伸びてきた指が、すかさずポテトをかすめ取った。「お、美味《うま》そうじゃん♪」

「こら、はしたないぞ。毒島」今井が眉をひそめる。

「腹、減っちゃってさ。固いこと言うなよ。今井〜」

甘じょっぱいポテトを豪快に齧《かじ》りながら、毒島が片手をヒラヒラさせる。「今日は無礼講なんだろう？」

おまえはいつだって無礼講だろうと、今井が思っていると、

「毒島さんはビールの方がいい？」

取り分け皿を配っていたビコが毒島に尋ねた。

「ジュースと一緒に、一応、買って来てあるよ。銘柄とかわかんないから適当だけど」

「あ〜……」

毒島がポテトを飲みこみながら言葉を濁す。

「サンキューな。でも、今日はいいや」

「何!?」

そんな友の言葉に今井がぎょっとする。もう少しで、並べかけのハンバーガーを落とすところだった。

何せ、毒島春美といえば、無類の酒好き。大怪我で死にかけている時ですらも、酒瓶を手放せないような女なのだ。

「オマエが酒の誘いを断るなんて、体の具合でも悪いのか?」

「オイオイ。いくらMLSからの長い付き合いだからって、そりゃ、さすがに失礼すぎねーか?」

毒島はふくれっ面でこちらを睨《にら》むと、

「梅吉《うめきち》が心配すっからさあ……禁酒――はムリでも、少しずつ量を減らそうと思ってんだよ。もちろん、タバコ《コィッ》もな」

いつになく殊勝なことを口にする。

梅吉というのは毒島の愛弟子《まなでし》で、『雲竜鼠《うんりゅうそ》』と呼ばれる地獄の使者だ。普段は人間の子供の姿をしており、自分との契約のせいで寿命を縮めてしまった主人の身体を、いつも気遣っている。

　臆病でおっちょこちょいだが、心根の真っ直ぐなやさしい少年だ。

「いい加減、アイツを安心させてやらねーとな」

「毒島……」

　友の変貌を今井が驚きと共に見つめていると、

「――ステキね」

　テーブルにお手製のグラタンを並べていたリオが、やわらかく微笑んだ。

　自身もビコという目の中に入れても痛くないほど可愛《かわい》い弟子を持つ身、毒島の心情は誰よりも理解できるのだろう。ひどくやさしい声で、

「あなたなら、きっと大丈夫よ。毒島さん」

「いや～、お恥ずかしい。なんだかんだで、アイツには苦労ばっかかけてますから」

「そういや、梅吉は今、どこなの？」

　主人共々、ここに居候している梅吉の姿を探し、ビコがキョロキョロと部屋を見まわす。

　その問いに、ハンバーガーを並べ終えた今井が、

「梅吉でしたら、六氷《むひょう》殿と草野《くさの》のところです」

　と、友の代わりに答える。「夜通しの女子会とお聞きしたので、男の梅吉がいては問題

があるかと思いまして……」

梅吉はほんの一泊とはいえ、ボスと離れるのを大いに拒んだが、友達の家に泊まる（しかも、憧れの六氷執行人と同じ屋根の下に!!）という魅力には抗《あらが》い難かったようで、最後には素直に従った。

――もっとも、

『ボス、くれぐれもタバコを吸いすぎないでくださいよ？　お酒は控えめになさってくださいね。夜寝る時は必ず布団をかけて。冷えはお身体《からだ》にさわりますから。あと、裸でウロウロしないでくださいよ？　くれぐれも、今井殿の言うことを聞いて――』

『わーった、わーった。さっさと行け。アタシは大丈夫だから……って、なんでアタシが今井の言うことを聞かなきゃなんねーんだよ？　同い年だろーが』

『うぅ……ボスぅ……梅吉が、梅吉がお側《そば》にいなくても淋《さび》しくはありませぬか？』

『淋しいのはオマエだろ。このバカ梅。ホラ、たった一泊なんだから、楽しく行ってこい。六氷と草野によろしくな？』

『でも、ボスぅ～……梅吉は心配で心配で』

『くどい!!　さっさと行け!!』

と、いうようなやりとりを小一時間ほど繰り返した後ではあったが——。

因みに、ビコの三人の弟子たちは、良い機会だと親元に里帰りさせているそうだ。

そうこうしている内に、五人分のティーカップをトレイにのせたナナが、居間に戻ってきた。紅茶の香りが芳《かぐわ》しい。

「六氷事務所にお泊りかぁ。そういえば、どんなお仕事なのかは絶対教えてくれなかったんだけど、依頼があったって言ってたから、『ロージー特製スペシャルハンバーグシチュー』の出番かなぁ？　アレ、私も食べたことないんだよねぇ～。響きだけでも、すっごい美味《おい》しそう……」

ナナがじゅるっと口元を拭う真似《まね》をする。

「いっそ、ロージー君も呼んで、お料理作るの手伝ってもらえばよかったわねえ」

「確かに！　ロージー君ならあんまり——ていうか、全然、違和感ないし」

「ダメだよ」

リオとナナの言葉に、ビコがしかつめらしく首を振る。

「いくら、ロージーでもダメ」

「そうかぁ？　アイツならいけんだろ」

Muhyo To Roji No
Mahouritsu
Soudan Jimusyo

毒島が愉快そうに笑う。

「顔も女みてーだし、なよなよしてっからなあ。女装すれば普通にまじれるだろ。な？　今井!!」

「……何故、私にふる」

戸惑う今井を余所《よそ》に、

「それよぉ！！！！！！」

と意外なほどの強さで応じたのはリオである。

夢見る乙女の如《ごと》きうっとりとした面持ちで、

「ロージー君ってすごくキレイなお肌してるし、顔立ちも整っているから、薄くお化粧なんかしたらすごく美人さんになるわよ!?　体つきもすらっとしてるから、ワンピースとかも似合いそうだし。ああ、是非ぜひ、試してみたいわぁ……うふふふ。あの子たちに、そういう依頼が入らないかしらん」

「リ、リオ師……？」

普段はしとやか然としたリオの異様な目の輝きに、今井が若干引き気味でいると、両肩にポンとやわらかな手が乗った。

「こういう人なの」

「こういう方なんです」

「…………」

普段通りのビコとあきらめ顔のナナに、左右から諭される。

そして、

「なあ、そろそろ始めよーぜ？」

先程から空腹を訴えている毒島の訴えにより、ビコ＆リオ師弟主催の魔法律家女子の会――略して『マホジョ会』がなごやかに始まった。

一時間半前――。

「ふう……やっぱり、ビコのチョコココロネは、絶品だわぁ……」

リオがチョコレートたっぷりのコロネを手に、夢見心地の声を出す。

確かに、今井のパンの師匠であるビコの手で作られたチョココロネは、ふんわりとした形といい、なんとも言い難いチョコの香りといい、とろけるような味わいといい、極上の一品だった。

「ホント！　美味しい～!!　なにこれ～!!」

「私もこんなに美味しいチョココロネは、食べたことがありません」

ナナと今井の賛辞に、リオが我がことのように頰《ほお》を緩ませる。

「でしょう!?　こんなに美味しいのに、この子ったら、滅多に作ってくれないのよ？」

ひどいでしょう、とリオが子供のように拗《す》ねてみせる。

思いの外に幼いその表情に、テーブルの向こうでビコが小さく肩を竦《すく》めた。

「これは、良いチョコが手に入らないとできないんだ。いくら、師匠が大好きって言ってくれても——ううん。言ってくれるから尚更、中途半端なものは作れない」

そう言って、パクッとリオの作ったグラタンを口に運び、

「師匠だって、『リオスペシャル』なかなか作ってくれないよね？」

と、逆襲する。

「ものすごく美味しいのに」

「アレも、食材がちゃんとそろった時じゃないとできないのよ。ほんのささいな違いで味が変わっちゃうから」

頰を膨らませる弟子に、今度はリオが困ったように弁明する。

ようは似た者師弟なのだ。そろいもそろって頑固というか、融通が利かないというか、職人肌なところが微笑ましい。

「――ですが、リオ師のこの牡蠣《かき》とキノコのグラタンもとても美味しいですよ」

今井がさりげなくフォローを入れる。

「なあ、毒島？」

「おお。これなら、ビールにも合いそうだな」

「毒島」

「……――っと」

今井が目配せすると、友は慌てて首を振り、側にあった紅茶をぷはーっと飲み干した。

どうやら、節酒の決意は固いらしい。

酒とタバコの禁断症状で病院を脱走、大型トラックを協会内で乗りまわし、酒気帯び運転諸々で免許取り消しになったことを、この友なりに反省しているのだろう。

「そっか。毒島さん、頑張ってるんだね」

感心したようにつぶやいたビコが、「ボクも――」と言う。

「どんどん稼いで、オフィスを建て直さなきゃ！」

とキラキラした目で夢を語る。「それから、新しい魔具の開発もしたいし！」

すると、今度はナナが、

「はい！」

と授業中の学生のように片手を挙げた。

食べかけのコロネを自分の取り皿に置くと、少しだけ緊張したように、「私も一つ、考えてることがあるの……」と言う。

「前に、今井さんに言われたことで――」

「私に？」

いきなり自分の名前が出てきて驚く今井に、ナナが遠慮がちに肯く。

「『今後、我々が霊媒体質のあなたを守れる保証はない』って……ベクトールとの戦いの後で」

「あ――」

瞬時に思い至った今井が、かすかにその表情を硬くする。

ベクトールの陣営に捕まったナナが無事、帰還した時に、告げた言葉だ。

「……あの時は、必要以上に厳しいことを言ってしまった」

謝ろうとすると、ナナが大慌てでそれを遮った。

「ううん。違うの!!　今井さんに忠告してもらって、すごく、その通りだなって………

あの時、ものすごく怖かったから」

ナナは今でもその恐怖を思い出すのか、ぶるりと震えると、

「私、ムヒョさんやロージー君と一緒にいたいだけで……気持ちばっかり先走っちゃって、置いて行かれたくないって、その一心で…………無理やりしがみついてて……」

「菜々殿……」

「その結果、みんなに迷惑かけちゃって……すごく、自分が情けなくて」

「——ナナちゃん」

静かに席を立ったリオが、ナナに近づき、その身体をそっと抱き寄せる。

今井は、ざっと聞いたことのある彼女の生い立ちを思い出した。

ナナは幼い頃に母親に捨てられ、たった一人の家族であった父親とも悲しい別れをしている。その上、娘を案じた父は霊となって、この世に留まってしまった。それを『黄泉《よみ》渡《わた》し』で天国へと送ってくれたのが、ムヒョとロージーだという。

二人に対してナナが抱いている感情は、あるいは、家族のそれに近いのかもしれない。

だからこそ、今度は置いて行かれたくない……と懸命になるのだろう。

共に在《あ》りたい、と——。

（それを、私は……）

今井は自分が発した言葉の残酷さを改めて実感した。

今でも、あの時、口にした忠告が間違っているとは思わない。それだけ、ナナの置かれている状況は危うかった。

だが、もう少し言いようがあったのではないか……？

（……どうも、私は物言いがキツイな）

そんなことを一人考えていると、ナナがリオの腕から身を起こし、真っ直ぐにこちらを見つめてきた。だから、とその声に力をこめる。

「今井さんの一言で腹が据わったっていうか――覚悟を決めたの。ちゃんと知識を得て、正式な調査員を目指そうって」

「!!」

「今までは、バイトのカメラマンで、お茶汲《く》みぐらいしか役に立たなかったけど……これからは、もっとちゃんと勉強して、自分の身ぐらい自分で守れるように、強くなります!!」

「…………」

どこまでも真っ直ぐな眼差《まなざ》しが、今井の胸に刺さる。

「なので、今後ともご指導ご鞭撻《べんたつ》のほど、お願いいたします!!」

ナナは力強い声でそう結ぶと、一同に向かってペコリと頭を下げた。

今井はまぶしいものでも見るような思いで、全身全霊で前に進もうとしている少女を見つめた。薄手のブラウスの下の背中が、震えているのがわかる。

「――みな、最初から力を持っていたわけではない」

今井はそう言うと、ナナに向け、しっかりと微笑んでみせた。「私でよければ、いつでも力になるぞ」

「！　ありがとうございます……!!」

ナナが緊張に力んでいた顔をぱあっと輝かせる。

今井が微笑んだまま、そんな彼女を眺めていると、

「いやいやいや――」

と毒島が茶々を入れた。

「アタシ的に、コイツから学ぶのは、あんまオススメできねえけどなぁ……」

「何故だ。毒島」

「だって、コイツ、ＭＬＳ時代に素手で熊、倒したんだぜ？　最初から力があったんだよ。つまり例外ってわけ。だから、コイツを目標にしたって、無駄ムダ」

「な……」

ナナに向けてパタパタと片手を振ってみせる友に、今井は絶句した。

（あ……アレは、たまたま――）

ＭＬＳの敷地内の山で学友たちが襲われそうになっているのを目撃し、伝え聞いたことのあるクマ退治の極意で撃退しただけだ。

「しかも、コイツ、もう少しで、『金太郎』ってあだ名になるとこでさ……くっくっくっ」

「毒島!!」

赤い顔で友を怒鳴ると、向かいの席でナナが凍りついていた。

「ク……クマを……素……手、で……？」

ビコが妙に感心したような口調で、

「今井さんの不死鳥伝説にまた一つ、新たなページが刻まれたね」

「ビコ師！」

「そういえば、自分で掘った穴に家出したこともあったわね。うふふ。七日間も」

「リオ師!!」

「そういや、ＭＬＳでスカートめくりが流行《はや》った頃、スカートをめくろうと背後に近づいてきた男子に見事な三段まわし蹴りを決めたこともあったな。あれ以来、誰もコイツの後ろに立てなくなってさ。そこに果敢に挑んだ火向《ひむかい》を、またコテンパンに――」

「毒島!!!」

今井が調子に乗る友を睨みつけると、毒島が慌てて視線を逸《そ》らせた。「さあーて、ナナちゃんが持ってきてくれたリコピンマンハンバーガーでも食おうかなぁ～」

まったくと、今井が嘆息する。

ただ、毒島の発言のお陰で、いつの間にか、先程のしんみりとした雰囲気が霧散していた。

いい感じに場が和んだところで、

「私も――いいかしら？」

リオが、そっと利き手を上げる。「ナナちゃんと同じで、私も色々考えたの」

かつて、怪人ティキの策略に嵌《はま》ったとはいえ、禁魔法律家《反逆者》として箱舟《はこぶね》のメンバーだった女性はそう言うと、静かに続けた。

「あなたたちも知っての通り、私は赦《ゆる》されないことをしたわ……こうして、みんなと笑っていられるのも、裏切り者の私には過ぎた恩情だと思ってる」

「そんな……リオ先生」

「師匠……」

オロオロするナナと、マフラーの下で悲しげに唇を噛みしめるビコを余所《よそ》に、毒島と今井は沈黙を守った。

罪には罰を――。

その基本原理が魔法律家を支えている以上、リオのしたことをたとえ一時でも容認するわけにはいかない。

そこに、どれほど同情すべき点があったとしてもだ。

「私は沢山の人の人生を狂わせた。沢山の人の幸せを奪った。だからこそ、少しずつでもいい――一人の魔具師として、私に出来ることをしていきたいの」

リオはそう言うと、少しだけ淋しげに笑った。「でなきゃ、あなたたちと一緒に生きていくことを、私は自分に赦せない」

「リオ先生ぇ……」ナナが涙ぐむ。「そんなこと……そんなこと言わないでぇ……」

「ああ、ナナちゃん、泣かないで？」

リオがしめっぽさを誤魔化すように笑ってみせた。

「まあ、どんなことができるかは、まだ試行錯誤の状態だから、偉そうなことは言えないんだけど」

「……うぅ……師匠なら、絶対……できます」

ビコが大好きな師匠の決意に、両目を真っ赤にして、何度も肯く。「ボクも……ボクも一緒に、お手伝いしますから」

「ありがとう。ビコ」

「――じゃあ、なんだ？　乾杯でもすっか。酒じゃねえけど」

毒島が場を明るくするように言って、ティーカップを持ち上げる。

だが、すでにカップは空だ。

見れば、各々のカップもすでに空いている。

「私、新しいの淹れてきますね――」

涙を拭いながら席を立とうとするナナを今度は逆に押し留め、

「乾杯ならば何か冷たいものの方がいいだろう。私が持って来るから、菜々殿は座っていてくれ」

そう言って、今井がキッチンへ向かう。

大きな冷蔵庫を開けると大瓶の牛乳がまず目に入ってきた。


牛乳で乾杯……。

「――ふむ」

牛乳好きの自分は別に構わないが、残りのメンバー的には微妙だろう。そう思った今井が、まず自分の分だけそれをグラスに注ぎ、他の飲み物を探す。

生憎《あいにく》、冷蔵庫の中には、ビコが毒島の為にと買ってくれたビールが冷えているだけで、あとは、飛び切り苦そうな青汁の瓶ぐらいしか見当たらない。

だが、今井の聞き間違いでないのならビコはジュースも買ってある、と言っていたはずだ。

（もしかすると、常温で保存してあるのか？）

そう思い立ち、棚の辺りを探してみる。

すると、棚の奥に淡いオレンジ色の液体の入った瓶があった。透明の瓶に手書きで『マ』と書かれている。マの文字は大きく丸で囲われていた。

「マ？　マンゴージュースか？」

やや瓶が古いようなのが気になるが、蓋を空けて匂いを嗅いでみると、果実特有の甘酸っぱい香りがした。

マンゴーの匂いとは若干違うような気がしたが、買った方のジュースではなく、ビコかリオの手作りジュースなのかもしれない。

今井は四人分のグラスにそれを注ぐと、自分のグラスと一緒にトレイにのせ、みなの待つ居間へと運んだ――――――そして、今に至る。

「ぷはー！　やっぱりビールは最高だな！！　オーイ、今井。もっとつまみねえか？　酒に合いそうなヤツ」

「……毒島……オマエ、梅吉の為に酒を止《や》めたんじゃなかったのか？」

　さっきの感動的な宣言は、なんだったのか。

　居間の壁際にあるソファーの上で胡坐《あぐら》をかき、ビコが買ってきてくれたビールを片っ端から飲み干している友は、赤い顔でゲラゲラ笑った。

「いや～、やっぱムリだったわ。酒とタバコがない人生なんて、アタシに耐えられるわけねえだろーが」

　すっかり出来上がった毒島はそう言うと、自らキッチンへ赴き、つまみになりそうな乾き物をみつくろうと、見るからに上質な赤ワインを手に戻ってきた。

「大漁、大漁～♪」

「!?　オマエ、それはリオ師の――」

「まあまあ」

毒島の手からワインを取り上げようとする今井を、リオがやさしく宥《なだ》める。「私は極たまにしか飲まないし、あとはお料理に使うくらいだから、気にしないで。ね？」

「………………申し訳ありません」

友の不始末を今井が詫《わ》びようとすると、「――そんなことより」とリオの両手が今井の頬を包んだ。

「ねえ、今井さん」

と、妙にくぐもった甘ったるい声で言う。

「あなたって本当に肌がキレイね」

「は？」

今井が眉をひそめる。

至近距離で見るリオは、雪のように白い頬がうっすらと赤く染まり、目つきも妙にとろんとしていた。それがまた、壮絶にうつくしい。

「髪も艶々だし、鼻も高いし、唇の形もとってもキレイ」

「え……い、いえ。断じて、そんなことは……」

いつもと明らかに様子の違うリオに、今井が思わず後退《あとずさ》る。だが、リオは今井の頬を包

んだ手を離さず、その両目をじっと見つめると、

「ねえ、キスしてもいいかしら?」

「!?」

ぎょっとした今井が、迫りくるリオの顔を思わず両手で押しやってしまう。そして、すぐに我に返った。

「!! す、すみません……リオ師! つい!!」

「——もう、イケズなんだからぁ」

リオはうふふふとうつくしい顔で笑う。

「ムヒョとロージー君も、全然、キスさせてくれないのよねえ……ムヒョなんて、魔法律書で顔をガードしてくるし。でも、そこがまた初心《うぶ》で可愛いの。あなたもよ。勇敢な裁判官さん」

ささやくようにそう言うと、

「ねえ、いいでしょう?」

と再び身を乗り出してくる。今井の首にリオの両手が蛇のように絡まる。

「!!? リオ師!? 止め——止めてください!!」

「あら? いいじゃない。別に。減るもんじゃないいんだし。ホラ、こっち向いて?」

「リオ師……っ!!」

「ん～♥」

「!!!」

熱に浮かされたような顔で唇を突き出してくる美女から、必死で逃げ出した今井は、がばっと中央のテーブルを振り返った。

「ビコ師! リオ師が、錯乱――」

リオを止められるであろう唯一の人物を探すと、彼女は何故か下着姿だった。


「何?」

「…………」


トレードマークの帽子もマフラーも、身体の線がすっぽり隠れてしまうようなダブダブの服も着ていない。それこそあられもない恰好《かっこう》で、見れば、そこらへんにだらしなく脱ぎ散らかしてある。

「ビ、ビコ師……どうして、そんな恰好をなさっているんですか?」

「さっき、ナナちゃんと野球拳やったの」

「夜九、拳……ですか？」

聞き慣れない言葉に、今井が目を瞬《しばた》かせる。

語尾に拳がつくということは、拳法の一種なのだろうが、一体、どうして服が脱げるのか……。

今井の頭の中に『？』マークが飛び交う。

「と――ともかく、そんな恰好でいると風邪をひかれますよ」

そう言って、服を着せようとすると、ビコが今井の手を払《はら》い除《の》けた。

その大きな両目に見る見る、涙があふれる。

「!?」

「ボクなんか……ボクなんか、風邪引いたっていいんだもん!!」

「な……？」

今井がぎょっとしていると、ビコがだーっと泣き出した。

「ど、どうされたんですか!?　ビコ師!?」

「師匠が…………師匠が、で、弟子を取るって」

「え？」

「新しい弟子を取るつもりなんだって!!」

ビコは此《こ》の世《よ》の終わりのような声でそう言うと、わあっとローテーブルの上に泣き崩れた。

「師匠はボクの師匠なのにぃ！！！！！！！！！！」

「……仮に、リオ師が新たな弟子をお取りになったとしても、リオ師がビコ師の師匠であることに変わりはありませんから……」

「ヤダ、やだやだやだ!! 師匠、新しい弟子を取っちゃ嫌だあぁぁぁぁっ！！！！」

今井の取り成しが耳に入った様子もなく、あたかも幼い子供のようにビコが泣きじゃくる。

「ビ……ビコ師？」

普段がどちらかといえば、クールな印象が強いだけに、今井がおろおろしていると、

「今井しゃーん」

呂律《ろれつ》のまわらない声が頭の後ろで響いた。

ナナである。

「ぼーっとしちゃってぇ～、どーしたんですかぁ？」

助かった——と思いきや、振り向いた先にいたナナも、スカートの上はブラジャーしかつけていない。

（!? 菜々殿まで……？）

一体、夜九拳というのは、どういう拳法なのだろうか。

今井が内心冷汗を流しつつ、

「菜々殿もブラウスを羽織られたらどうだ？　いくら、初夏だといえ、そのままでは風邪を——」

「おやぁ〜？　今井さん、さっきから全然、飲んでないじゃないですかぁ〜」

今井の言葉を遮って、ナナがケラケラと笑う。

「ホラホラ、もっと飲んで飲んで!!!」

妙に楽しげな様子で、半分ほど飲んだマンゴージュースを押しつけてくる。

反射的に受け取ってしまった、が——。

「いや、私は——そんなことよりも、ビコ師とリオ師が!!」

「今井さんのちょっとイイトコ見てみたい〜♪　そぉれ、イッキ、イッキ、イッキ、イッキ〜♪」

と、ナナが陽気なリズムにのって両手を叩《たた》く。

その異様なハイテンションに、今井がたじろいでいると、

「おら、今井。酒だ酒だ〜！　酒、持ってこーい!!」

「ねえ、キスさせてぇ♥」

「今井さぁん……ねえ、聞いてよぉ……師匠が、師匠があああ……うわあああぁーん！！！！！」

「コラァ〜。今井ぃ。あたしのジュースが飲めないのぉ〜？」

「な……何なんだ、これは……」


今井は混乱する頭を抱えた。

一体、何が起こったというのか？

ほんの一時間ほど前のほんわりとした雰囲気は、どこへ行ってしまったのか？

（まさか、これも進化する霊の仕業なのか……？）

困惑する思考のままに、今井はキッと両の眦《まなじり》を吊《つ》り上げた。

少なくとも、今この場に、まともな人間は自分しかいない。

「!! 私がしっかりせねば――」

そう決意し、とにかく己を落ち着かせようと、先程ナナから受け取ったジュースを一気に飲み干す。

「ぷはぁーっ……――――――――――？」

飲み干した後、数秒の間を置いて、視界がぐらりと揺らいだ。

追って、世界が真っ暗になる。

「…………」

公正で勇敢な裁判官は、そのまま背後にドサリと倒れた――。


「本当にすまなかった……」

アパートの下まで見送りに出てきた今井は、そう言うとがばっと頭を下げた。

ロージーが慌てたように、両手を振ってみせる。

「そんな、ボクはなんにも――」

「いや、昨夜も梅吉を預かってもらったというのに、私のせいで、またとんだ迷惑をかけてしまった」

今井が忸怩《じくじ》たる思いで、ぐっと唇を噛みしめる。

今朝方早く、梅吉を送りにきてくれたロージーが、床の上でうなっている五人を見つけて仰天し、梅吉と共に窓を開けて空気を入れ替え、氷嚢《ひょうのう》を作り、濃い目のお茶を淹れ、甘い蜂蜜とナッツの入ったミルク粥《がゆ》を作って——と、かいがいしく看病してくれたのだ。

「まさか、魔具を作る時に使用する酒をジュースと間違えるとは……」

一生の不覚だ。

穴があったら入りたいとはこのことだろう。

今も頭の中で破《わ》れ鐘《がね》を叩かれているような不快感と痛みに堪えながら、今井が己を恥じ入る。

「みなにも申し訳ないことをしてしまった」

しょげかえる今井に、ロージーがやさしく言う。

「仕方ないですよ。アレ、本当にマンゴージュースみたいな色だったし。ホラ、ビコさんだって、食品の棚に一緒に置いてた自分が悪いって、そう言ってくれてたじゃないですか」

「いや……すべては、私の不徳のいたすところだ」

うなだれた姿勢でそう言うと、クスリとロージーが笑い声をもらす。

「？」

今井が顔を上げると、

「――あ、ゴメンなさい」

ロージーはまず笑ったことを詫《わ》びた後で、

「でも、なんか、今井さんっていつもすごくしっかりしてるから、今井さんでも失敗とかするんだなぁって、ちょっと安心したっていうか……あ、別に変な意味とかじゃなくて……ボクもいっつも失敗ばかりで、ムヒョに叱られてるし――って、ボクなんかと一緒にされたら嫌だろうけど――そういうことじゃなくて、今井さんだってたまには失敗したっていいっていうか……」

「………」

「ホラ、失敗しない人間なんていないんですし、なんか、今井さんも人間だったんだなあって、ほっとして……あ、別に、今井さんが人間じゃないって思ってたわけじゃないんですよ？」

しどろもどろフォローするロージーに、硬かった今井の表情がぐっとやわらかくなる。

まったく、この男は他人の心を解《ほぐ》す天才だ。

「うぅ……なんか、上手《うま》く言えなくて、ゴメンなさい」

しゅんと肩を落とすロージーに、思わず今井が吹き出す。「大丈夫だ。ちゃんと伝わってる」

「え……」

「ありがとう。草野」

礼を言うと、ロージーの顔がぱっと明るくなった。

見る者をやさしい気持ちにするその陽だまりのような笑顔は、出会った頃からまるで変わらない。

「今日は依頼人が来るんだろう？　長居させてしまってすまなかった」

「！　そうなんです‼　先週も——色々あったけど、一応、ゴリョーさんにお仕事を紹介してもらえたし、こんな立て続けに大きな依頼が入るなんて、ホント、夢みたいで……‼」

苦労人の書記官は感極まったようにそう言うと、そっと涙した。

バカがつくほどお人好しな彼らの事務所は、その実力のわりに一般には名も知られておらず、経営も赤字続きだというから無理もない。

今井は苦笑いすると、手にしていた紙袋をロージーの胸に押し付けた。

「？」

「持って行け。と言っても、昨夜のあまりものだが」

「わぁ……！　ありがとうございます!!」

子供のように喜んだロージーが、早速、紙袋の中をのぞきこみ、

「これってビコさんのパン？　わぁ、リオ先生のジャムや、グラタンもあるぅ～」

と両目をキラキラさせた。

「ハンバーガーにポテトまで!!」

「『リコピンマンの大冒険』というマンガとのコラボメニューだそうだ」

何気なく付け加えたのだが、

「えええええええええええ!?」

ロージーが予想以上に喰《く》いついて来た。

「あ、あ、あ、あの幻のコラボメニューの!?」

「え……？　あ、ああ」

ロージーの勢いにたじろぎつつ、今井が肯く。「菜々殿が仕事場で苦労して手に入れてきてくれたそうだ」

「うわぁ～い!!!　ナナちゃんありがとう……!!」

「――コホン……私が作ったパンも入ってるぞ」

今井がさりげなく告げる。

「え？　今井さんが？」「ああ」

昨日、女子会が始まる前にビコと一緒に作ったのだが、何故か上手く膨らまず、今井の分はその一種類しか出来なかったのだ。

少々見た目は悪いが、自分ではなかなかよく出来た方だと思っている。

「よかったら、六氷殿と一緒に食べてくれ」

「はい！　ありがとうございます!!」

明るくそう言って、ロージーが事務所へと帰って行く。

何度も振り返っては、律儀に手を振ってくるのが、いかにも彼らしい。笑ってその後ろ姿を見つめていた今井は、気合を入れる為に二度ほど自分の頬を両手で叩《たた》くと、

「さあ、私もみなの看病をせねば……！」

そうつぶやき、アパートの中へと戻った――。


――後日、何やらすさまじく硬いものを食べたムヒョとロージーの歯が、欠けたとか欠けないとか……。

その原因が、某女性裁判官の作った岩石のようなマフィンであることは、幸か不幸か、当の今井玲子本人が知ることはなかったという。

エンチュー

歯が欠けそうなほど硬いパンって……ビコが失敗するなんて、珍しいね？

ロージー

そうなんです。女子会の為に、今井さんと一緒に作ったらしいんですけど

エンチュー

あー……なるほど

ロージー

なるほど？

エンチュー

いや、こっちのこと。まあ、ロージー君もムヒョも無事でよかったねえ✨

ロージー

はい（´Ａ｀。）ｸﾞｽﾝ

エンチュー

それにしても、女子会かぁ。楽しそうだね

ロージー

……………………すごく盛り上がったみたいですよ (^_-)-☆

エンチュー

前半の間は、何？（笑）

第4条

恵比寿花夫の誉れ

箱舟《はこぶね》メンバーによる五嶺《ごりよう》総本山焼き討ちから、約三年――。

建て直された五嶺本家内にある自室で、恵比寿花夫《えびすはなお》ことエビスは、突如として与えられた休みを持て余していた。

何せ、趣味というほどの趣味があるわけでもなく、特技は主《あるじ》の身のまわりの世話という男だ。新たな術を取得する為の訓練を終えてしまえば、後はやることがない。仕方なく、テレビの前で欠伸《あくび》を噛《か》み殺しながらザッピングする。リコピンマンバーガーのCMから、今年に入って五度目の事故があったという交差点の現場中継へと画面が変わり、人気ドラマの再放送を経て、重厚なクラッシックが流れ始めた。

エビスがリモコンのボタンを弄《いじ》る手を止める。

「……これは」

期せずして流れ始めた懐かしい番組に見入っていると、彼の主でありグループの若き頭首である五嶺陀羅尼丸《ごりようだらにまる》ことゴリョーが、ズカズカと部屋に入ってきた。

「何を見てるんだい？　エビス」

「わ、若!?」

　エビスは慌ててテレビを消すと、さっと居住まいを正した。「いえ、ちょっとした息抜きにございまして……」

「――そんなことより」

　と、ゴリョーは自分が今しがた発した問いに早くも興味を失ったかのように、唐突に話を変えた。

「今から出るよ。支度をおし」

「……はっ」

　確か、今日は久方ぶりに休日をもらったはずだったが、若のこういった気まぐれには慣れっこである。

　エビスはすぐさま身支度を整えると、

「依頼でございますか？」

　と尋ねた。

「ああ――」と肯《うなず》いたゴリョーが形の良い眉をひそめる。「これが、ちょっくら厄介そうな依頼でねぇ」

至って素っ気ない返事だが、だからこそ供はおまえでなければならぬ、と言われたようで、エビスは人知れず喜びを嚙みしめる。

かように頼りにされるとは、まさに、助手冥利《みょうり》に尽きるではないか。

(やはり、若にはこのエビスがついておらねば……!!)

「何、気持ちの悪い顔で笑っているんだぃ。この豚めが。さっさと表に車をまわしな」

「はっ」

直ちに、と答えたエビスは、若の機嫌を損ねぬよう——数分後にはリムジンに主人を乗せ、出立した。


小柄な身体《からだ》で器用に外車を運転しながら、エビスがさっき見た番組のことを思い出していると、

「やれやれ。またかい」

後部座席からゴリョーが呆《あき》れたような声を出した。「ニヤニヤ笑いおって。気味が悪いねぃ」

どうやら、知らず知らず微笑《ほほえ》んでいたらしい。

「申し訳ございません！」

エビスが慌てて口元の緩みを抑えると、ゴリョーがどうでもよさそうに尋ねてきた。

「そういや、おまぃさん、さっきも笑っていたっけねぇ。そんなに楽しそうに、何を見ていたんだい？」

どうやら、問いかけたままになってしまった疑問を思い出したようだ。

バックミラー越しに主人をチラリと見たエビスが、

「『ザ・プレジデント』です」

と答える。主は一瞬、はて、という表情になり、それから、ああ、と肯いた。

「あのバカバカしい番組か。あんなもんが、まだ続いてるとは、世も末だねぃ」

途端に興味を失った様子の主人に、エビスは再び、こっそり微笑んだ。

ゴリョーにとっては、それこそ取るに足らない出来事だったのだろう。もう、覚えてすらいないかもしれない。

だが、エビスにとっては、この方が自分の主でよかったと、改めて実感できた大切な想い出だ。

（――あれは）

そう……。

五嶺家崩壊直後――まだ、内部の混乱が収まらない中、エビスがゴリョーの供をして、全国を行脚《あんぎや》していた頃のことだ――。

「――若、お疲れではございませんか？」

その日は、初夏とはいえ、かなり気温の高い一日だった。

整備のなされていない山道は歩きづらく、照り付ける日差しは、編《あ》み笠《がさ》越しでも頭がクラクラするほどだ。

見れば、主人の真っ白な肌に、玉のような汗が浮いている。

「……ああ、さすがに少しくたびれたねぃ」

ゴリョーが扇子で己の首筋を煽《あお》ぎながら、物憂げにつぶやく。

「ただいま、湧き水をお持ちいたしますので、その木陰にてお待ちください」

エビスはそう言うと、前もって場所を把握しておいた小川に向かった。竹筒で出来た水筒に透明な湧き水を入れ、足早に主の元へと戻る。

それを木陰の岩場に腰を下ろしているゴリョーに恭しく差し出した。

「どうぞ。お飲みくださいませ」

「ああ」

そこに礼の言葉はない。無論、ねぎらいの言葉も。

エビスの方でも、そんなものが欲しいわけではない。

エビスはただ単純に、ゴリョーの身のまわりの世話が出来ることがうれしくてたまらなかった。

一度、その失敗から組織を解雇され、お役御免になっていた時期があるだけに、こうして敬愛する主の側《そば》にいられるだけで、それこそ無類の幸せなのだ。

――と。

『ポコンポコポコ♪　スッポンポコポコ～♪』

エビスのマントの内側に吊《つ》るしてある無数の携帯電話の一つが、軽快な和鼓の音を奏でた。

「もしもし、エビスだ――――は？　え!?　ええ……!?」

電話に出たエビスは思わずピンと背筋を正した。「あ、は、はい！　エビスにございます。はっ、恐れ入ります。はっ、畏《かしこ》まりました」

携帯を耳にあてながら何度も頭を下げると、水を飲み終えた主に、それを手わたした。

「――若、本部の兄君からでございます」

「兄上だって？」

ゴリョーの人並み外れて整った顔が、かすかに歪《ゆが》む。

滅多に電話を寄越さない人物であるだけに、突然の連絡をいぶかしんだのだろう。

エビスにしても、また本部で何か面倒事でも起こったのではないか、とハラハラした。

何せ、今や天下のゴリョーグループも虫の息だ。

エビスは息をひそめ、じっと主の電話が終わるのを待つ。

「――ええ、わかりました。どうぞ、ご随意に」

ゴリョーはそう告げ、通話を終えると、

「……まったく、あの派手好きにも困ったもんだねぃ」

と忌々《いまいま》し気に言い、となりで畏まっているエビスに携帯電話を投げて寄越した。エビスが素早くキャッチする。

元通りマントの内側に吊るしながら、

「兄君は何の御用でしたか？」

と尋ねると、

「とんだ御用さ」

ゴリョーが侮蔑をこめた言い方をした。

「あのバカ兄者め。このアタシに『ザ・プレジデント』とかいう番組に出演するように言ってきやがったのさ」

「えっ!?　あの『ザ・プレジデント』にですか!?」

思わず身を乗り出してしまったエビスに、ゴリョーが形の良い眉をひそめた。

「知ってるのかい?」

「は、はい!」

意気ごんで肯く。

プレジデント――いわゆる、企業や組織のトップにスポットライトを当てた、ドキュメンタリー番組で、当初は硬派路線だったが、最近はエンターティメント的な要素が強くなったらしく、インタビュアーに流行《はや》りの女優や人気タレント、有名アイドルなどを起用している。

エビスは番組の中で取り上げられる実業家のドヤ顔を見る度に、

『……フン。こんなザコより、若の方がずっとすごいというのに』

と悔しい気持ちでいっぱいだった。

ゴリョー様が出演することになったら、と夢想したこともある。

まさか、その番組から実際に出演依頼がくるとは……。

一瞬、番組の出だしの重厚なクラッシックにのって、彼の主人の姿が全国のお茶の間に流れる姿を想像し、その晴れがましさにエビスは瞑目《めいもく》した。

ゴリョーの上品かつ華やかな容姿は、さぞや視聴者受けするだろう。

誰もがその才とうつくしさに夢中になるのだ。

そして、その横には彼の最高の相棒であるこの恵比寿花夫の姿が――――。

「そ、それで？　ゴリョー様はそのお話をお受けするのですか……？」

内心の歓びを隠しながら尋ねると、ゴリョーはひどく冷ややかな声で、

「おまえはアタシが見世物になるのが、そんなにうれしいのかい？」

「!!　い、いえ……そんな滅相もない……！」

エビスがひぃっと身を縮ませる。

そして、恐る恐る、主を盗み見る。

もしや、主人の逆鱗《げきりん》に触れてしまったのかと思ったが、ゴリョーはそれ以上、エビスをいびることもなく、ふうっとため息を吐《つ》いてみせた。

片方の手で愛用の扇子を弄びながら、物憂げにつぶやく。「まあ、気が乗らずとも断るわけにはいかないだろうねぃ」

「へ？」

先程の反応から、てっきり、問答無用で断るつもりなのだろうと思っていただけに、意外だった。エビスが恐る恐る「何ゆえにでございますか」と尋ねると、ゴリョーが扇子をバシッと閉じて、

「はんっ……焼き討ちで傾いたグループの立て直しの為にも、頭首のイメージアップは大切だとさ——それを言われちゃあねぇ」

「あ……」

確かに、あの忌まわしい焼き討ちによる損害は計り知れない。

金額にして三十八億円とも言われる巨大な被害や死人の数に、若頭取の責任を追及する声も、決して少なくはなかった。

現在は多少落ち着いているとはいえ、依然、バッシングは続いている。

それゆえ、組織の頭首として、一人の執行人としての己を見つめ直すという名目で旅に出たのだ。エビス一人を供に連れて……。

「それに、相手は腐っても兄上だ。持って生まれた才能ゆえ年の若いアタシが頭首を継い

だが、それぐらいの長幼の序は持っているつもりさ」

「………」

なんとも不快そうな主の表情に、浮《うわ》ついていた気持ちが、水をかけられたように沈んでいく。

誰よりもプライドの高い主が、数多《あまた》のしがらみゆえに己の信念を曲げざるを得ないでいる――それが、側近としてどうにも居たたまれなかった。

エビスがしゅんと項垂《うなだ》れていると、編み笠の上から、ポンと扇子の先で頭を叩《たた》かれた。

「!? ゴリョー様？」

「――やれやれ。今度はまた、湿っぽい面だねぃ。どっちにしろ見れたもんじゃありゃしない。鬱陶《うっとう》しいから、いますぐ止《や》めな」

素っ気なくそう言うと、主は両目を細め、珍しく少しだけ微笑んでみせた。「まあ、撮影はほんの小一時間という話だし、それぐらいなら、おまぃさんをいたぶってでも耐えられるだろうさ」

「わ、若!?」

「はは……冗談だよ。さっさと、新しい水を汲《く》んできな。気の利かない豚だねぇ」

何と応えていいやらわからないでいるエビスに、ゴリョーが空になった竹筒を投げて寄越す。

「早くしな。主人を干からびさせる気かぃ？」

「は、はい！　ただいま、汲んで参ります!!」

エビスは出来る限り元気に返事すると、竹筒を持って小川へと急いだ。

（ゴリョー様は、グループ復興の為、あえて受けたくもないお話を受けられるのだ……）


あの誇り高い御方《おかた》が……。

まるで、見世物のように——。


「……——!!　ええい！　しっかりしろ!!　恵比寿花夫！」

エビスは堪らない思いで、大きく首を振った。

自分までこんなことでどうする。

（当日はこのエビスが、ゴリョー様を出来る限りフォローするのだ！）

湧き水を竹筒に入れながら、そう決意する。


澄んだ水は冷たく、暑さにうだった身体に大層、心地よかった……。

そして、撮影当日——。


「ちーす」

「よろしくお願いしやーす」

こんな山の中まで、わざわざやってきたＴＶクルーは、『魔法律家《まほうりつか》』と『魔法使い』の違いすらわかっていないような輩《やから》ばかりだった。

ゴリョーやエビスの装いを見て、不思議そうに首を傾《かし》げている者までいる。

「オイ。魔法使いって、とんがり帽子とマントじゃなかったか？」

「箒《ほうき》、持ってるはずっスよね？　あと、白いフクロウ!!」

「いや、そこは黒猫だろ」

カメラマンとＡＤが交わしている会話を小耳に挟んだエビスは、早くもげんなりした。

これで、執行人の仕事など、まともに理解できるのだろうか——？

ふつふつと不安がわき上がる。だが、今更、断るわけにもいくまい。何せ、ゴリョー様の兄上が間に入っているのだ。ならば……。

（オレがゴリョー様をフォローするのだ!!）

そう己に言い聞かせていると、

「ＭＭＳの鈴木《すずき》で～す。こっちは、インタビュアーを務める前園《まえぞの》アスカちゃん」

ディレクターという痩せぎすの男が、軽いノリで唯一の若い女性を紹介してきた。

「アスカでーす。今日は、よろしくお願いしまーす」

スタイルが抜群に良く、愛らしい顔だちをしたその女性は、エビスもＴＶで観たことのある女性アイドルだった。

元々はアイドルユニットの一員だったが、〝卒業〟という名目でグループを脱退して独立。バラエティ番組で人気に火がつき、最近ではＣＭやドラマにも出演している。いわゆる売れっ子だ。

アスカは挨拶の後でゴリョーをまじまじ見ると、

「うわぁ……ゴリョーさんって、本当にイケメンなんですねぇ～」

ラッキーと、黄色い声を上げた。そして、

「あのーぅ、あたしぃ、最近、ドラマとかも出ててぇ、今、『うつろ刑事《デカ》』とかに出てる

Muhyo To Roji No
Mahouritsu
Soudan Jimusyo

んですけど、見てくれてますぅ～？」

身体を軟体動物のようにくねらせながら、甘ったるい声で尋ねてきた。

たとえ、天下の五嶺グループという屋台骨が揺らいだとしても、この輝くような美貌である。主人に面と向かった女性たちの多くが、こういう反応になるのも致し方ない。

エビスは晴れがましい思いで主を見つめた。

ゴリョーも、内心はどうあれ、にこやかな笑顔で、

「生憎《あいにく》、ドラマはほとんど見ないんでねぃ」

と返している。

「えぇ～」と露骨にがっかりしたアスカが、未練がましく食い下がっている。「その前だと、『逆ギレ刑事』シリーズとかにも出てたんですけどぉ～。本当に見たことないんですかぁ？」

エビスが場を盛り下げぬよう、そっと主に耳打ちする。

「若。確か、風邪薬や、シャンプーのＣＭなどにも出てますよ」

「おや、そうかい？」

すると、アスカはそこで初めてエビスの存在に気づいたように視線を向けた。――が、すぐにおぞましいものを見たというような表情になると、露骨に距離を取った。

これもまた、エビスにとっては慣れた反応である。

自分の容姿が一般の――しかも、若い女性に受けぬことぐらい重々承知している。

今更、傷つくような年でもない。

「――ふむ。それもとんと覚えがないねぃ」

ゴリョーは悪びれずそう言うと、カメラマンなどに指示を出しているディレクターに向け、

「そんなことより」

と告げる。「こっちも別に時間が有り余ってるわけじゃないんだよ？　早くして欲しいんだがねぃ」

表向きの変化はないが、明らかに不機嫌になってきている。

そう察したエビスが、

「――この後、ゴリョー様はお仕事の依頼が入っておられるのだ。出来れば、一時までには撮影を終わらせて欲しい」

と交渉し、早々にカメラがまわり始めた。

だが、当初に不安を覚えた通り、大抵は、答えるのもバカバカしいような質問ばかりだった。

「五嶺グループの総資産って、ぶっちゃけどのぐらいあったんですか？」や、

「大企業のトップとして、やはり見た目には気を遣いますよね？」

「メンズエステとか通ってらっしゃいます？」

「着物を何着ぐらいお持ちなんですか？」

「平均睡眠時間は？」

「普段はどういったお食事をされているんですか？」

「好きな食べ物はなんですか？」

「ご結婚とか、されるご予定とかはないんですか？」

「好きな異性のタイプは？　芸能人で言うと？」

などは、まだマシな方で、

「あの、ゴリョーさんって、ものすごくカッコイイですけど、モデルやＣＭのお仕事とかをされる気はないんですか？」

「何歳ぐらいの頃から、魔法使いになろうと決めていたんですか？」

などに至っては、いつ主人の怒りが爆発するかと、ハラハラし通しだった。


（何歳ぐらいからだと？　このバカ女め……）

そんなものは、生まれた頃からに決まっている。

グループ頭首の子として、才を持って生まれ落ちた——その瞬間に、五嶺陀羅尼丸の運命は決められていた。

その先に続く、長く孤独な道と共に……。

（大体、魔法使いではない。魔法律家だ）

五嶺グループの頭首に出演を頼みながら、そんなことすら調べていないのか、と嘆かわしい思いでいっぱいになる。

やはり、こんな番組に出るべきではなかったのだ。

エビスは、たとえ一瞬でもうれしく思ってしまった数日前の己を呪った。

「そうだ！　『五嶺陀羅尼丸写真集』とか出されたらいかがですか？　イケメン実業家兼霊能力者のファースト写真集とか、絶対、売れますよ!?」

「生憎、興味ないんでねぃ」

「え〜、もったいなーい。絶対、人気出るのにーぃ!!　ベストセラーいっちゃいますよ?」

「…………」

アスカの甲高い声にゴリョーは無言で微笑《ほほえ》んでいる。

常にその側に仕え、誰よりも五嶺陀羅尼丸という人物を熟知しているエビスには、一見、涼やかな笑顔の下で、主人が相当イラついているのがわかった。

潮時だ。腕時計を確認すると、すでに撮影から一時間が経っている。

「……すまないが、もう、そろそろ」

そう言い、インタビューを打ち切ろうとする。

——と、ディレクターの鈴木から、

「じゃあ、そろそろあの質問を——」

とアスカに向け、指示が入った。

こくりと肯いた彼女が、一転、さも神妙な口調になると尋ねてきた。

「最後に一点だけ……——不審な出火により、三十八億円の損害を出してしまった先の一件で、若頭取の責任を追及する声も上がっていますが、その責任を取って退陣されるおつもりなどは？」

「!?」

その不躾《ぶしつけ》な問いかけに、エビスが思わず両目を見開く。

恐る恐る主人の方を見ると、ゾッとするほど冷ややかな目をしていた。

「…………責任だって？」

「!!」

そのひんやりとした響きに、主の本気の怒りを感じ取ったエビスが、

「！　その質問はなしだ!!」

とカメラと主人の間に強引に割って入る。「オイ!!　カメラを止めてくれ!!　止めろ!!!　これ以上、録《と》るな!!!」

「な!?　ちょ、ちょっと、落ち着いて!!　危ないって———」

カメラを守ろうとしてＡＤの若い男が、エビスと揉《も》み合う。

何せ、エビスの三倍近く上背がある。

その結果、半ばはね飛ばされる形になったエビスが、アスカの方によろめいた。

「!?　きゃ!!　嫌っ!!!」

自分に向かって倒れ掛かってきたエビスを、アスカが露骨に避ける。

エビスは危ういところで転倒こそ免れたが、それを待っていたかのように、アスカがヒステリックに叫んだ。

「近寄んないでよ!!　気持ち悪いわねっ!!!」

「!?」

「わざと、あたしに倒れ掛かってきたんでしょう!?　あたしの身体に触りたくて!!　悪い

けど、ホント、マジないから!! マジ、キモイから!! あたしの半径十メートル以内に入ってこないで!!」

「な……──」

あからさますぎるその嫌悪に、さしものエビスも棒立ちになる。

「ちょ……アスカちゃん、それはさすがに……」

ADの男が気まずそうにフォローするも、

「だって、マジキモイんだもん!! なんなのコイツ!?」

アスカの怒りは収まらない。

その場が、気まずい沈黙で包まれる。

そんな中、

「──くくく」

と、さもおかしげな笑い声が響いた。

見ると、ゴリョーが扇子で口元を隠すようにして笑っている。

「確かにその通りだねぃ」

「!? 若!!」

「女優だ、俳優だぁ、なまじキレイなもんを見慣れてる身にゃあ、さぞや、気味の悪い顔だろうよ」

「!!　若ぁ………」

エビスが更なるショックを受ける。

その顔がおかしいとひとしきり笑ったゴリョーが、ガラリとその口調を変えて「だがねい」と言った。

「奴《やっこ》さんはアタシの忠実な側近だ。つまり、この男を気持ち悪いと言っていいのは、この世でアタシ一人なんだよ」

低く告げ、手にしていた扇子の先をビシッとアスカの眼前に突きつける。

「な……っ」

アスカの整った顔が、怒りに赤らむ。

ゴリョーはそんな彼女を一瞥《いちべつ》すると、「――のう。鈴木とやら」と今度はディレクターの男に声をかけた。

「不愉快極まりないんでね。この撮影の話はなかったことにしておくれ」

「はあああああああああ!?」

「ゴ、ゴリョー様!?」

鈴木とエビスの悲鳴が図らずとも合わさった。

「そんな、今更!!　大体、五嶺グループの本部の方にも、ちゃんと許可を取ってあるんだぞ!?　それをこんな一方的に――」

半ば脅すような口調で食い下がる鈴木に、

「ふうん、許可ねえ」

ゴリョーの目が糸のように細められる。

「それは、一体、誰の許可だい?」

「だから、五嶺グループ本部の……」

「アタシが長なんだよ」

静かだが、ぞくりとするほどの威圧を感じさせる口調でゴリョーが告げる。「アタシのグループだ。アタシが終《しま》いだと言えば、それで終いさ。違うかぃ?」「………」

そして、屈辱と動揺に青ざめているアスカを見ると、笑顔のまま嘯《うそぶ》くように言った。

「まあ、折角だ。お嬢ちゃんの最後の質問にだけは、答えてやろうかねぃ」

「……な…何よ?」

「アンタは退陣を責任の取り方だと言った。だが、それは、責任の取り方なんぞじゃない」

逃げだよ、とゴリョーがささやく。

「ガタガタになっちまったグループを放って逃げろだ?　そんなのは、恥知らずな無能のやることさ。アタシはねぇ、こんな状況下に放り出すような覚悟で、五嶺グループの頭首をやっちゃあいないんだよ」

「………」

「わかったかい？　小娘」

どこまでも冷ややかなゴリョーの声に、その場が水を打ったように静まり返る。

そんな中、エビスただ一人は、それこそ身の内から震えるような思いを味わっていた――。


『アタシには夢があるんだよ……。五嶺グループを世界最強最大の魔法律家集団にする夢がね……!!』


それこそ、肥溜《こえだ》めのような人生から――薄汚いどぶの底から、自分を助け出してくれたその人は、稚《おさな》い姿に似合わぬ壮大な夢を語った。

その為に自分の手足となって働け、と。

キラキラと輝く瞳で告げた。

そんな彼は今までエビスが見てきた何物よりもうつくしかった。

その日から、主の夢がエビスの夢となった。

それから今日に至るまで、主はあらゆるものを切り捨て、冷酷なまでに己を律し、邁進《まいしん》してきた。

同業者から、非道な悪行と忌み嫌われ、罵られるようなことすら……。


すべては、五嶺グループの為だけに——。


そんなゴリョーを常にその傍らで見守ってきたエビスだからこそ、わかるのだ。

主人のいう『覚悟』の重さが……。

「——さて」

みなが黙りこくる中、ゴリョーが打って変わってにこやかな声でつぶやく。「行くよ。エビスの」

「はっ。ゴリョー様」

主人に向かって、エビスが深々と頭《こうべ》を垂れる。

「え……ちょ、ちょっと!?」

「まだ、話が――」

撮影スタッフたちが唖然《あぜん》とする中、主従は悠然と歩き始めた――。


「あのぉ……ゴリョー様」

先を行く主を追いかけながら、エビスが戸惑いがちに声をかける。「その……本当に、よかったので？」

「ナニがだい？」

ゴリョーが物憂げに応じる。

エビスは少し躊躇《ためら》った後で、

「ですから……私《わたくし》なんぞの為に、兄君からのお話を――」

もぞもぞと言葉を濁した。

あのゴリョーが、自分の為に不快感を露《あら》わにしてくれたことは、もちろんうれしい。だが、もし、これが原因で兄弟間に諍《いさか》いなどが生まれたら——と気が気ではなかった。

もし、埋められない深い溝でも生じてしまったら……。

それこそ、悔やんでも悔やみきれない。

「私めが出しゃばったばっかりに……申し訳もございません」

忸怩《じくじ》たる思いで謝罪の言葉を口にすると、ゴリョーが「くくく」と笑みをもらした。

「こりゃあ、とんだ厚かましい豚もあったもんだねぃ」

「へ？」

「誰が、おまえの為だって？」

「いえ——ですから……ゴリョー様が『不愉快極まりない』と……」

エビスがうろたえる。

ゴリョーは「——ああ」と片眉を上げると、

「あの小娘のバカらしい質問を聞いていなかったのかぃ？　面倒臭いしがらみで、バカらしいことを了承しちまったと、後悔しきりだったんだが——丁度、いいきっかけだっただけさ」

妙に平坦な声でそう言い、

「身の程を知りな、豚が。おまえの為なんざ、あるわけねぇだろう？」

「は、はあ……」

主の苛立《いらだ》ちを肌で感じ、エビスが身を縮ませるようにして肯く。すると、その表情を若干やわらげたゴリョーが、ほとんど聞き取れるか聞き取れないかの声で付け加えた。

「――だから、おまえが気に病むこともないってことさ」

「……え？」

「ふん。また、おまえがいなくなったら、色々面倒だしねぃ。それに比べたら、兄上の怒りなんざ、些末《さまつ》なことさ」

「……ゴリョー…様」

自分の聞き間違いではないかと、エビスが主の顔をまじまじと見つめる。

ゴリョーは鬱陶しそうに舌打ちすると、

「そんなことより、依頼のあった現場はどこなんだい？」

「！　はっ！　只今、お調べいたします!!」

「まったく、使えない豚だねぃ」

お馴染《なじみ》の憎まれ口を叩《たた》く主人の横で、エビスは込み上げてくる喜びを押し留めようとして、失敗した。

「何をニヤニヤ笑ってるんだい？」

「！　申し訳ございません…………！」

氷のような目で睨《にら》まれ、ビシッと背筋を正す。

だが、すぐにあふれ出る喜びが、エビスの顔をだらしなく緩ませた。

ゴリョーはそんなエビスを気味悪そうに見ていたが、

「やれやれ、とんだ不愉快な時間だったねぃ」

とつぶやいた。

「まったくですな」

「あのバカな娘っ子が、写真集云々《うんぬん》なんざふざけたことを言い出した時には、思わず扇子《コイツ》で頭を引っぱたいてやりそうになったよ」

「それは、さすがに問題が。あれでも女性ですので――」

「大体、『逆ギレ刑事』ってのは、何なんだい？　『うつろ刑事』もだよ。ひどいタイトルだねぃ」

「確か、六氷《むひょう》執行人が好んで見ている刑事ドラマのタイトルが、そんな感じだったはずですが」

「ア？　なんで、そんなことをおまえが知っているんだい？」

「あ……」

「草野《くさの》から聞いたのかい？」

「い、いえ！　た、偶々《たまたま》小耳に挟んだだけで――」

「アイツらから借りたもんは、もう、すっかり返したんだ。商売敵と必要以上に慣れ合うのは止《よ》しな」

「は……はっ!!」

「……まったく、ちゃんとわかってるのかねぇ、この豚は」

ゴリョーが嘆かわしげにため息を吐く。

だが、エビスは今や主人が何を言っても、うれしくて仕方がなかった。

この御方なりに、これからもずっと側にいろと、そう言ってくれているのだ。

オマエがとなりにいる。それ以外はすべて些末なことだ、と。

それが、どれほどの歓喜を己に与えるか――おそらく、主は知りはしまい。

（エビスはここにおります……ゴリョー様）

あの時、お側を離れてしまったことを、死ぬほど後悔したから。

あなたの変わり果てた姿に、それこそ、死ぬほど悔やんだから。

今度こそ、何があっても、絶対にお側を離れはしない。

（ここにおります――）

「ほら、さっさと行くよ」

「はっ！　ただいま!!」

エビスは微笑みながら、主の背を追った。

初夏の乾いた風が、そんな彼の頬《ほお》をやさしく撫《な》でていく——。


あなたの為に生き、あなたの為に死ぬこと……。

それが、裁判官恵比寿花夫のたった一つの誉れなのだから。

Muhyo To Roji No
Mahouritsu
Soudan Jimusyo

エンチュー
ロージー君って、ゴリョー先輩たちと今も連絡取り合ってるんだね

ロージー
ゴリョーさんに直接はないですけど、エビスさんとはメールしたり、たまに電話で話したりしますよ

エンチュー
ええ！？　でも、事務所をめぐって色々あったんだよね？　危うく乗っ取られそうになったりとか

ロージー
はい。でも、今は全然.゜+.(´∀｀*).+゜.

エンチュー
ムヒョ、怒らない？

ロージー
昔の敵は今も敵だって

エンチュー
やっぱり……

ロージー
でも、ムヒョが本当に怒ってる時はもっと怖いから、たぶん大丈夫です！

エンチュー
……ロージー君ってある意味、すごいよね

ロージー
？

エンチュー
女装の恨みとかも水に流したの？

ロージー
は！！

エンチュー
忘れてたんだ(笑)ロージー君らしいよね

ロージー
(｡´Д⊂)うぅ……信じてたのに

エンチュー
アハハ。ボク、ロージー君のそういうところ好きだよ

ロージー
･:*:･(*///// ∇ /////*)･:*:･

第5条

六氷魔法律事務所へ
ようこそ

「そこをなんとか!!」

「ダメだ」

両手を合わせて懇願するロージーに、ムヒョが冷ややかな眼差《まなざ》しを向ける。

「捨てて来い」「そんなぁ～」

ロージーが両目をうるうると滲《にじ》ませる。

「だって、まだこんなに小さいんだよ？　風邪とか引いちゃったらどうするのさ……」

「知るか」

と、ムヒョがどこまでも素っ気なく答える。

「ムヒョおぉぉぉ」

ロージーがその場にわっと泣き崩れる。

「お願いだよぅ……」

「ルセェ」

にべもない上司に、ロージーはいっそ土下座しかねない勢いですがりついた。

「ボクがちゃんと面倒見るから!! トイレだって覚えさせるし、躾《しつけ》だって!! それに、ムヒョのお昼寝の邪魔は、絶対させないから……ね？ ね？ お願い!! 一生のお願い……!!」

「ダメだといったら、ダメだ」

「ムヒョぉ」

冷たく足蹴《あしげ》にされ、ロージーが哀れっぽい声を上げる。その横で小さな黒猫が「にゃー」と鳴いた。

それに、元々悪いムヒョの目つきが更に剣呑《けんのん》になる。チッと舌打ちすると、

「大体、人間様もろくなメシが食えてないってのに、どこにペットを飼うヨユーがあんだ？ アア？」

「う……」

痛いところを突かれ、ロージーがぐっと言葉に詰まる。

ムヒョがここぞとばかりに追い打ちをかけてきた。「最近じゃ、三食もやしばっか食ってンぞ」

「……うぅ……だって、お金がなくって……このところ、大きな仕事入ってないし……そ

Muhyo To Roji No
Mahouritsu
Soudan Jimusyo

れに、物価も上がってるしさ」

ロージーがもじもじと答える。

彼らが城である六氷魔法律事務所《むひょうまほうりつ》は、悲しいかな、弱小事務所だ。依頼が少ないのはいつものことだが、このところすっかり閑古鳥が鳴いている。

珍しく鳴った電話に大喜びで飛びついたら、間違い電話でしたということも少なくない――。

女子校に潜入した際にもらったお金はムヒョへの貢ぎ物に変わってしまったし、その後に入った依頼の代金も、日々の支払いに消えてしまった。

今や、激安スーパーのおつとめ品をあの手この手でかさ増しし、糊口《ここう》を凌《しの》いでいる状態だ。如何《いか》にやりくり上手のロージーにも、限界はある。

「貧乏って辛いね……グスン」

「だったら、今すぐソイツを捨てて来い」

ギロリと睨《にら》まれ、ロージーは「ひっ！」と仰《の》け反《ぞ》った。

「でなきゃ、おめぇごと叩《たた》き出す」

「ひどいよ……ムヒョぉ」

情け容赦ない上司の言葉に、ロージーが泣きながら仔猫《こねこ》を抱き上げる。

雨に濡《ぬ》れた仔猫からは甘ったるいミルクの香りと、おしっこの臭いがした。それに、胸がきゅんとなる。

追い出すなんて、そんなこと出来るはずがない。

「こんなどしゃぶりの雨の中にいたら、ロクが死んじゃうよぅ……」

「ロ、ロクだぁ？」

ロージーの涙交じりのつぶやきに、ムヒョが片眉をピクリと上げる。

「!!」

しまった、とロージーが己の失言に気づくも、時すでに遅く、上司の顔つきが更に凶悪になっていた。

「そりゃあ、どっからつけた名前だ？　ア？　クソ助手」

「え、えーっと……」

ロージーが落ち着きなく視線を泳がせる。

「く、黒猫だから!?　黒の反対で、ロク――ってちょっとオシャレじゃない？　ア、アハハハハハハハハ」

「…………」

意味もなく笑って誤魔化そうとするも、ムヒョはむっつり黙っている。

「アハハハ……ハ」

「………」

その無言のプレッシャーに耐えきれなくなったロージーが、聞かれもしない言い訳を口にする。

「べ……別に、この子の目つきの悪さがムヒョに似てるとか思って、六氷の『六』から取ったわけじゃないよ？　あくまで黒の反対であって……」

「――――ほお」

「はっ！」

ロージーがばっと両手で口を覆う。

まさに、語るに落ちると言うやつだ。

「………ム、ムヒョ？」

恐る恐る目の前の上司を見ると、無表情のまま口元だけでニヤリと笑っていた。彼の一番、怖い表情だ。

「ス・テ・ロ」

「ひいぃぃぃぃぃぃぃぃぃ！！！」

ロージーが震え上がる。

いつもであれば、即座に「はい！」と答えてしまうところだが――ここはいたいけな仔猫の命がかかっている。

泣き虫ロージーも、そこはぐっと腹の底に力を入れた。

再び、哀願する。

「なら、この子の新しい飼い主が見つかるまででいいから!!　お願い!!　一週間！　いや、五日、五日でいいから!!!」

「……………」

「お願い！　ムヒョ!!」

「………………………チッ」

やがて、上司は根負けしたのか、単に面倒臭くなったのか――おそらくは、コメツキバッタのように頭を下げ続ける助手に鬱陶《うっとう》しくもなったのだろう――忌々《いまいま》しげに舌打ちすると、

「――三日だ」

とつぶやいた。

「へ？」

「三日目の晩までに飼い主を見つけなきゃ、おまえもろとも放り出すからナ」

「！　ありがとう!!　ムヒョ！」

ぱあっと顔を輝かせたロージーが、高い高いするように仔猫を持ち上げる。

「ボクが必ず、君の飼い主を見つけてあげるからね！　ロク!!」

「そんなことより、さっさと晩メシを作りやがれ。このヘボ助手が」

「うん!!　ムヒョ、大好き!!!」

「殺ス」

因《ちな》みに、その日の晩ご飯は、鶏皮とモヤシの炒《いた》めものにブロッコリーの茎のスープにホカホカのねこまんま——。

小さい黒猫は温かいお風呂でキレイに洗われ、夜はロージーの部屋のベッドで一緒に眠った。

「……ふふふ……明日から、頑張るぞぉ～…………むにゃむにゃ……」

そうして、翌朝からロージーによるロクの里親探しが始まったのだが——。

「仔猫ぉ？」

ナナのバイト先に行くと、ちょうど休憩時間だったらしくお店の裏まで出てきてくれた。

「うん。事務所の近くの公園に捨てられてたんだ」

ロージーが背中のリュックを下ろす。

頭だけ外に出した恰好《かっこう》でリュックに収まっていたロクをそっと出してやると、

「やーーーーーっ!!!　可愛《かわい》いーーーーーーーーーーーっ!!!」

ナナの両目がハート型になった。

「お願い！　抱っこさせて!!」と半ば奪い取るように、仔猫を抱き上げる。「うわぁ〜、目つき悪〜ぅ!!　でも、そこもめちゃめちゃ可愛い〜!!　ねえ？　なんか、この子、ムヒョさんに似てない？」

「あ、やっぱりナナちゃんもそう思う？」

我が意を得たりとばかりに、ロージーが勢いこむ。

「特に、この目つきでしょ？」

「うん！　この凶悪さ！　まさにムヒョさんだよねえ」

二人でロクの顔をのぞきこむと、愛想の悪い黒猫は我関せずといった体《てい》で「ふわぁぁあぁ……」と大きな欠伸《あくび》をした。そのマイペースな姿がしみじみ彼《か》の人と重なり、二人して吹き出してしまう。

ひとしきり笑った後で、「――実は」とロージーが本題に入った。

「この子の里親を探してるんだけど、ナナちゃん、どう？　飼ってもらえない？」

「うーん」と、ナナの顔がちょっぴり曇る。「バイトがあるしなぁ～。お金もあんま余裕ないし。しかも、うちのアパート、基本的にペット禁止なんだよねえ」

「そっかぁ……」

唯一の家族である父親を亡くした彼女は、バイトをしながら古いアパートで一人暮らししている勤労少女だ。普段の洋服などもフリマなどを利用して、安くて可愛いものを買うようにしているのだと聞いたことがある。

「役に立てなくてゴメンね。ロージー君」

「ううん！」

ロージーが慌てて首を横に振る。

「ボクこそ、突然、バイト先に来ちゃってゴメン！」

「……それに、実は最近、将来の夢っていうか――やりたいことが出来てさ。その勉強もしてるから、時間がないんだよね」

「やりたいこと？」

ロージーが尋ね返すと、ナナは何故《なぜ》か気恥ずかしそうな顔になり、

「まだ、どうなるかわからないし、ロージー君たちには、ちゃんと決まってから話すね？」

「？　うん」

よくわからないが、ナナが何かを目指して頑張っているというのなら、全力で応援してあげたい。

（ナナちゃんなら、きっと大丈夫！　頑張り屋さんだもんね!!）

ロージーが一人肯《うなず》いていると、ナナがロクをこちらに返してきた。「そうだ。ロクちゃんの飼い主だけど、バイト先の先輩とか学校の頃の友達とかにも当たってみるよ？」

「！　ありがとう、ナナちゃん!!」

ロージーがロクをリュックに戻しながら、喜ぶ。

「ボクも色々聞いてまわらなきゃ！　ヨイチさんとか、ビコさんとか、あと……」

「あ！　ヨイチで思い出した‼」

ナナがポンと手を叩《たた》く。

「四谷《よんたに》先生なんて、どう⁉」

「ナナちゃん、どうして、ヨイチさんから四谷先生を連想したのさ？」

一見、何の繋《つな》がりもない二人にロージーが首を傾《かし》げると、ナナがフンと鼻を鳴らした。

「女の敵繋がりよ」

「あー……」

反論の言葉が見当たらず、ロージーが複雑な顔で押し黙る。

大ベストセラー『夜《よる》の蝶《ちょう》』の著者・四谷阿部之《あべゆき》は、悪い人間ではないが、『観察』と称して女湯をのぞいたりと、少々スケベな御仁《ごじん》なのである。

そして、ムヒョのMLS時代からの友人であり最強の裁判官と謳《うた》われるヨイチに至っては、いわずもがな――。

（そう言われれば、髪型もちょっと似てるかも……）

まるで接点のない両者の意外（？）な共通点にロージーが苦笑いしていると、

「『夜の蝶』の最終巻もすごい売れ行きだったっていうし、映画化の話も決まったらしいから、猫飼う余裕もあるんじゃない？　ホラ、小説家の先生と猫ってなんかしっくりくる組み合わせだし」

「そう……かなぁ？」

「それに、あの人、旅館暮らしだから、ご飯の心配もいらないし。あれでやさしいところもあるしね！」

「うーん……そう言われてみると、そうかも」

ナナの言葉に、最初はしっくりこなかったロージーも、だんだんその気になってきた。

ただ、問題が一つ。

依頼人との再会は〝ムヒョルール〟で禁じられているのだ。

（……でも、ケンジやナナちゃんのこともあるし、前に『夜の蝶』の最終巻を送ってくれたお礼も兼ねてなら、いいよね？　緊急事態だし）

上司の決めたルールを破ることにビクビクしつつも、今、優先すべきことは、一刻も早くロクの里親を見つけることだと、己を納得させる。

「よし！」大きく肯いたロージーが、善は急げとばかりに、「まだ早いし、今から七ヶ瀬《ななが せ》旅館に行ってくるよ!!」

「え、今から？」

「うん！」

「そっかぁ。気をつけてね、ロージー君！　スケベ先生によろしくね？」

「ありがとう！　ナナちゃんも頑張ってね」

バイトに戻るナナと手を振って別れると、ロージーはロクと共に、四谷のいる七ヶ瀬温泉へと向かった。


「ふー、やっと着いたぁ……やっぱり遠いなぁ」

バスを降りたロージーが、ほうっと一息吐《つ》く。

目指す七ヶ瀬旅館はバス停のすぐ前だ。

オンボロ——もとい、かなり年季の入った旅館は、いかにもお化けでも出そうな雰囲気だが、人もやさしく料理も美味《うま》い。その上、露天風呂は最高ときている。

上げ膳据え膳に清潔な布団と極上の温泉——。

四谷が居ついてしまうのも無理はない。

「わぁ～、懐かしいなぁ～。ねえ、ロク。ボクら前に、ここに泊まったことがあるんだよ？」

リュックから出してやったロクを高く掲げて、旅館を見せてやる。

「残雪《ざんせつ》さんっていう霊が、四谷先生になりかわってて――ちょっと怖かったけど、みんなでお風呂に入ったり、美味《おい》しいご飯食べたり、楽しかったなぁ…………」

――そして、とても悲しかった。

残雪の最期を思い出したロージーが、感慨深げに両目を細めていると、旅館から二人の男性が出てきた。

「あ、四谷先生――と……誰？」

一人はロージーが見たことのないスーツ姿の若い男の人で、もう一人が四谷だった。浴衣《ゆかた》姿に懐手という姿は、別れた時とほとんど変わっていなかった。むしろ、活力にあふれている分、以前よりも若々しいかもしれない。

「では、先生。原稿、確かにいただきました!!」

「うむ」

「次も是非、弊社でお願いいたします！」

Muhyo To Roji No Mahouritsu Soudan Jimusyo

しきりに頭を下げる男性に、四谷が大仰に肯く。

男が下りのバス停へ向かうのを見計らって、老作家に駆け寄ったロージーが、

「四谷先生！」

と声をかける。

「ん？　おお、君は――」

「お久しぶりです」

「ふむ。魔法律家の片割れか」

「ちょっと遅くなっちゃったんですけど、『夜の蝶』の最終巻を送ってくれて、ありがとうございました」

ペコリと頭を下げた後で、男の向かったバス停を見やり、

「えっと、今のって……」

と尋ねる。四谷が「ああ」とつまらなそうに肯く。

「出版社の文芸担当だ。若い美女をつけろと言っているのに、どういうわけかムサイ男ばかりがつく」

「!?　なら、あの人が言ってた原稿って――」

「四谷阿部之の新作だ。『夜の蝶』以来、初めてのな」

「わぁ……!!」

恰好をつけて答えた四谷に、ロージーが思わず歓声を上げる。

出会った頃の彼は、才能が枯渇し、五年もの長きにわたり新作を書くことが出来ずにいる作家だった。それが、平田《ひらた》残雪という未練を抱えた霊と出会い、『夜の蝶』という残雪の魂ともいうべき作品を託されたことで、再び筆を手にした。

四谷が少しだけ遠くを見るような目で、つぶやく。

「いつまでも新作を書けずにいたら、残雪《アイツ》に合わす顔がないからな」

「四谷先生……」

(なんだか、カッコイイや)

ロージーがしみじみと思っていると、

「——ところで」

四谷が辺りをキョロキョロ見わたしながら聞いてきた。「おまえの相棒と、あと……あの——乳房の発達に目を瞠《みは》るものがある娘はどうした?」

「え?　あ、ナナちゃんのことか、今日はボクだけです」

「そうか」

と露骨に残念そうな顔になる。

Muhyo To Roji No
Mahouritsu
Soudan Jimusyo

そんな作家の姿に、

(アハハ……やっぱり、変わっていないかも)

ロージーが苦笑いする。

「それで、私に何の用だ?」

「実は、四谷先生にお願いがあって――」

「なんだ? 『観察』の助手をさせて欲しいのか?」

「!? い、いえ!! あ、あのぉ、猫はお好きですか?」

四谷のトンデモ発言にぎょっとしたロージーが大きく頭を振りながら、ようやく本題に入る。

――すると、

「猫だとぉ?」「!!」

存外に低い声に、思わずびくりとしてしまう。

ここで初めて、四谷の目がロージーの腕の中のロクを映した。

「猫か」

小説家の目が不穏に光る。

「私が猫が好きかだと? おまえは、そんな愚問をする為にここまで来たのか?」

「ひっ……い、いえ……その……」

「私が猫が好きかどうか。その問いの答えはなあ――――」

四谷の異様な迫力に押され、ロージーはロクをその腕に抱いたまま、じりじりと後退《あとず》った……。

「――それで？　ヘボ小説家は、猫嫌いだったのか？」

「ううん……むしろ、大がつくほどの猫好きだったんだけど……」

事務所の応接スペースで晩ご飯を食べながら、ロージーが長いため息を吐く。

それこそ大が百個はつくだろう無類の猫好きである四谷は、一見、最高の飼い主に思われたのだが、ややエキセントリック気味な作家が示す全身全霊の愛情表現の数々は、ロクばかりかロージーさえも怯《おび》えさせ、

『待ってくれ――一晩、一晩だけでもいい!! ソイツと一緒にいさせてくれえーーーーーっ!!!!! せ、せめて心行くまで抱かせてくれえええええ!!!!!!!』

『うわあーん!!!! ゴメンなさーーーーーい!!!』

『にゃんこおおおおおおおおおおおおおおおおおお!!!!!!!!!!!!!!』

『ひぃぃぃぃぃぃぃぃぃぃぃぃぃぃぃ!!!!!!!!』


全力で引き留めにかかる四谷から、半ば逃げるように帰ってきたのだ。


「あーあ……せっかく、上手くいきそうだったのになぁ～」

なまじ途中まで希望があっただけに、落胆も大きい。ロージーがしょんぼりと肩を落とす。

「ヒッヒ。そりゃ、災難だったナ」

「それに、本当はもっといっぱいまわるつもりだったんだけど――」

温泉地まで行って帰ってきたことで、思いの外、時間と体力を奪われてしまったのだ。

ゆえに、ロクの体力も考え、今日はここまでと区切って、晩ご飯の支度をする為に事務所へ戻ってきたのである。

――といっても、四谷の計らいで宿の料理を折詰にしてもらった為、調理の手間はなく、ロクのミルクを温めるのと、お湯を沸かすぐらいで済んだのだが……。

その上、折詰はなかなかに美味で、ムヒョはご満悦。ロージーにしても久しぶりの豪勢な料理に舌鼓を打った。

ジューシーなから揚げや海老の塩焼き、肉厚のローストビーフには、思わず涙が出そうになった。

「はぁ〜、美味しいなぁ。ねえ、ムヒョ」

「まああだな」

ソファーの横を見ると、ロクも猫用にわざわざ作ってもらった折詰を美味《うま》そうに食べている。ロージーがふふと微笑《ほほえ》む。

「四谷先生、頑張ってるみたいだよ？」

「知るか」

「新作、本になったらまた送ってくれるって。しかも、サイン付きで」

「捨てろ」

ムヒョはあっさりそう言うと、折詰から顔を上げ、チラリとロージーを見た。「約束、わかってんだろうナ」

「*!!*　まだ、二日あるもん*!!*」

ビクッとしたロージーがロクを隠すように両手を広げてみせる。

「明日は魔法律協会のみんなにも頼んでみるつもりなんだ！　ヨイチさんとかビコさんとか、リオ先生とか……ナナちゃんも友達に聞いてくれるって言うし。絶対、見つかるよ!!」

ロージーは力強くそう言うと、折詰の炊きこみご飯を猛然と口へ運んだ。

「ふんん！　ふぇっはひひふへふんは!!」

「汚ぇナ。食うかしゃべるかどっちかにしろ」

ムヒョが眉をひそめる。

とりあえず食べるのに専念することにしたロージーは、

（いっぱい食べて、少しでも体力をつけなきゃ！　明日こそは必ず、里親を見つけるんだ!!）

そう胸の中で誓う。

（そうだ、今夜中に出来るだけのことをやっておこうかな。仔猫もらってくださいのポスターを作るとかもいいかも）

だが、食事が終わり、あったかいお茶を飲むと、昼間の疲れがどっと出てきた。次第に眠たくなってくる。

「――オイ。ヘボ助手。こんなとこで寝るんじゃねェ」

「う〜ん……」

「クソ猫連れて、とっとと自分の部屋に行きやがれ」

「うー……ムヒョぉ………あと、ちょっとだけぇー……」

目を開けようにも瞼《まぶた》が重くて仕方ない。

その後、ムヒョが何事か言っていたような気がするが、いつの間にか意識が飛んでいた――。


「……んー……」

目を覚ますと、辺りは真っ暗だった。徐々に五感が戻ってくる。ロージーはぶるりと身体を震わせた。

「寒っ!!」

壁の時計を見ると二時半過ぎだった。もちろん夜中の——。

「ムヒョぉ？」

暗い室内を見まわすと、上司が自分用のベッドで眠っているのが見えた。心地よさそうな寝息を立てている。

だが、仔猫の姿はどこにもなかった。

「!! ロク!?」

慌てて飛び起きたロージーが、事務所中を探し——とはいっても、然程《さほど》、広くもない室内のことである——ほどなく見つかったロクは、何故かロージーの部屋のベッドでふにゃふにゃと眠っていた。

「え？　え？　ええ？　どうして……？」

驚きながらも、再び襲ってくる眠気には勝てず、ロージーはいそいそとパジャマに着替える。

（？　どうやって開けたんだろう？）

たまに後ろ足で立ち上がり、前足で器用にドアを開ける猫もいるが、身体の小さいロクには、まずムリだ。

（もしかして、ボク、ドア開けたままだった？）

朦朧《もうろう》とした頭で考えながらロクのとなりにもぐりこむ。

（いや、絶対、事務所を出る前に閉めたし……だとする、と…………あー……ダメだ……眠い……よぅ……——）

ふわふわの布団とロクの毛並みのダブル攻撃には耐えきれず、ものの一分で眠りに落ちてしまった。

そして、翌朝。日の出とともに飛び起きたロージーは、ムヒョ用の朝、昼二食分のご飯をラップに包むと、

「これで、よし！　ロク、行くよ!!」

出張魔法陣《しっちょうまほうじん》シールを壁に貼り付けた。

「あっちには知り合いも多いし、きっと、良い飼い主を見つけられるからね!?」

腕の中のロクにそう言い聞かせながら、魔法律協会へと向かう。

「まずはヨイチさん、それからビコさんかな？　あとは、梅吉君《うめきち》も！　ギンジさんも動物好きそうだな。あと、今井《いまい》さんに……――」

あくまで前向きに考える彼を待っていたのは……。

「猫かぁ～。いいよなぁ、猫～。癒されるよなぁ～。てゆーか、この猫、スゲー、ムヒョに似てねぇ!?　うわー、目つきわりぃなぁ、オマエ。アハハ、くすぐってえから、舐《な》めんなって。モフモフだなぁ、オマエ。あー、気持ち良い……――え？　うーん……コイツをか？　そりゃ、そういうことなら、飼ってやりてぇけど……このところ、また仕事が忙しくてさ。平日なんて、ほとんど家に帰れてねえのよ。トホホ……。てなわけで、ワリィな、ロージー。あ、朝メシの残りのサンドイッチがあるから、ソイツに食わしてやってくれよ？　サーモンのと、ツナとタマゴのやつなら平気だろ？　じゃ、今、持ってくんな」

「あ、ロージーいらっしゃい。何？　その猫。え？　飼う？　誰が？　え？　ボク？　ダメダメ。魔具師は細かい作業が多いし、小さな部品とかいっぱい置いてあるから、その子が間違って飲みこんじゃったら大変。それに……ここだけの話だけど、師匠、猫がすごい好きなんだ。え？　それなら、尚《なお》、いいって？　違うよ、ロージー。その逆。もし、猫がきたら、きっとメロメロに可愛《かわい》がるだろうから、ボクとの時間が減っちゃうもん。だから、絶対にダメ。そういうわけだから。役に立てなくて、ゴメンね。代わりに、焼き立てのパン、持ってってって」

「「猫？」」
「ムリね、お兄《にい》ちゃん」
「ああ、無理だな」

Muhyo To Roji No
Mahouritsu
Soudan Jimusyo

「可愛くないわけではないし」
「好きじゃないわけでもないけど」
「私たち、研究で忙しいから」
「家より図書館にいる方が多いしな」
「図書館はペット厳禁だし」
「悪いな、草野《くさの》」

「おお、ロージー君。久しぶりだね。元気にしていたかい？　ムヒョとは？　ああ、それはよかった。仲良くやっているなら、何よりだ。ところで、その猫は？——なるほど……捨て猫か。あっはっはっ。ロージー君らしいなぁ。うむ……力になってやりたいのは山々なんだが、生憎《あいにく》、私もほとんど塒《ねぐら》に帰れないような有り様でね。それに、こんな老いぼれだ。もう少し、ヤングな飼い主の方が、その子にとってもいいだろう。おお、可愛い子だ。そうだ、この子の為に詩を読んであげよう。『くるくると色の変わる猫の瞳、嗚呼《ああ》、それはまるで気まぐれな女性の心か秋の空のようだ』うーん、我ながらよく出来た気がするが、ロージー君、どうだろうか？」

「………おー………草野か。久しぶりだな………え？　いや、風邪じゃねえ……血を……ちょっとキュラに吸われすぎたんだ………すま…ん………意識がヤベェ………悪ィな………せっかく、来てくれたってのに………ああ……じゃあな………今度、また一緒に……『悪夢』にでも………行こーぜ………」

「おお、草野。どうしたんじゃ、浮かない顔をして。今、ニスドで買ってきたばっかりなんじゃが、ドーナツ食べるか？　へ？　猫？　猫は好きじゃぞ。おお、可愛い猫じゃな。え？　ボス？　ボスも猫は好きじゃぞ。ああ見えて、動物全般が大好きなお人でな。うむ。やさしいんじゃ。えへへ――何？　飼って欲しい？　むう……それはムリじゃあ、草野。わしら居候の身じゃし……。せめて、ドーナツだけでも持って行け。甘い物を食べると元気が出るぞ？　な？　ホレ」

「ああ、草野か。どうしたんだ？　え？　今？　ビコ殿に教えていただいたパン作りの復習をしていたところだ。え？　すごい音がした？　私の部屋からか？　いや……ただ普通に、パンの生地をこねていただけだが……。近くで道路工事でもしていたのではないか？　猫？　すまないが、このアパートはペット厳禁でな。力になってやれず、すまない。――生憎、パンは出来上がっていないのでわたせないが、その子の為に牛乳でも持ってってやってくれ。ホラ。元気を出せ。草野。そんな顔をしていると、運が逃げていくぞ？」

「――……ダメだっ、た……………」

結局、夕方過ぎまで粘ったのだが、ロクの飼い主を見つけることは出来なかった。

最後の方は、魔具屋の老主人や「豪腕」と謳われる某執行人、ドク・マギィなどの知り合いはおろか、ほんの顔見知り程度の人たちにまで声をかけたのだが、仔猫を引き取ってくれるという人物はついぞ現れなかった。

「そういや、魔法律家ってみんな忙しいんだよねぇ」

自分たちがあまりに暇すぎたせいで、忘れていたのだ。

「……世の中って、せちがらいや」

その事実にそっと涙したロージーが、気持ちを入れ替え、

「よし！　明日こそ、頑張るぞ!!」

と己を鼓舞する。「三度目の正直だ!!　頑張れ、ロージー!!　負けるな、ロージー……って、ん？」

ふと視線を感じたロージーが周囲をキョロキョロと見まわす。

「アレ……？　誰もいない？」

不思議に思いつつ視線を下げると、自分をじーっと見つめている小さな二つの目が視界に入ってきた。

「なんだぁ、ロクか」

「にゃー」

「大丈夫だよ、ロク！　絶対、絶対、君の飼い主を見つけてあげるからね？」

「にゃん」

頼んだぞ、というように鳴く仔猫にロージーが微笑む。「――さあ、帰ろ。きっと、ムヒョがお腹空《なかす》かせて待ってるよ？」


「ただいまぁ～」

事務所に戻ると、上司はソファーでテレビを見ていた。思わず目をそむけたくなるような事故現場の凄惨な映像が画面に流れている。ロージーは出来る限りそちらを見ぬよう、室内を移動した。

「……ぇな」

「え？」

よく聞こえなかったロージーが聞き返す。

（えな？　遅ぇなって言ったのかな？）

そう思い、急いで手洗いを済ませエプロンをつける。

「遅くなっちゃってゴメンね。ムヒョ。今から、晩ご飯にするね」

「ああ」

ムヒョが物憂げに肯く。

「――って言っても、今夜も、もらいものなんだけど」

そう言って、ロージーがサンドイッチとパン、それからドーナツを手早く食卓に並べる。

本当はもう少し手を加えたかったのだが、今井にもらった牛乳でロク用のホットミルクと、人間用のロイヤルミルクティーを作るのがやっとだった。

ロージーがロクの為にパンを牛乳にひたしていると、サーモンとアボカドのサンドウィッチを食べながら、ムヒョがつぶやいた。

「あと、一日だナ」

「*!!*」

思わずパンを落としかけたロージーが、

「う……明日こそはきっと………」

その声に、昨日までの力強さはない。

ムヒョが、ヒッヒと笑う。

「まあ、頑張れヨ」

「ム……ムヒョおぉぉぉ」

思いもかけずやさしい言葉をかけられ、ロージーがうるっとくる。

だが――、

「ねえ、ムヒョ。ものは相談なんだけど……ロクを我が事務所の正式なマスコットキャラクターに採用するっていうのは……？」

「ダメだ」

「じゃあ、期限をあと三日――ううん。二日――」

「ダメだ」

「お願い！　一日でいいから！」

「しつけぇゾ」

「…………はい」

一抹の希望と共に持ち出した提案は、どちらも瞬く間に却下されてしまった……。

——そして、とうとう最後の一日になってしまった。


その日も、生憎の雨だった。

夏の終わりにしては肌寒く、空を分厚い雲が覆っているせいか、早朝だというのに夜のように薄暗い。天気予報によれば、一日中ずっとこんな具合だという。

「……雨かぁ。せめて、曇りだったらよかったのになぁ」

頭が出るようにロクをベストの中に入れてやったロージーは、灰色の空に向かって恨めし気にそうつぶやくと、仔猫が濡れないよう出来る限り大きめの傘を差した。

「えっと、まずはキヨミおばあちゃんでしょう？　それから——」

ロージーが指折り確認する。

またしてもルールを破り、依頼を通して知り合った学生寮の老管理人やナナの友人——果ては、よく行く魚屋「魚八《うおはち》」の店主にまで頼みこんだのだが……。

「飼ってあげたいのは山々なんですけどねぇ。ウチは学生寮ですから、中には動物の苦手な子もいてねぇ……」

「ナナからも聞いたんだけどさ、ウチのマンション、ペット禁止なんだよねえ」

「折角、来てくれたのにゴメンね。うち、大型犬飼ってるから——猫ちゃんの方が怖がっちゃうかも」

「いくら、ロージー君の頼みでも、うちは魚屋だからねぇ」


すべて惨敗。

挙句、頼みの綱だったケンジも、

「オレは飼いてぇんだけど、母ちゃんがうるさくてさ。『ペットは絶対、ダメよ』の一点張り。前も隠して飼おうとして大目玉食ったし」

「そっかぁ……」

小学生ならば、母親の意見が絶対なのは仕方ない。

ロージーがケンジの家の前で、がくりと肩を落とす。

その姿を見たケンジが、

「悪ぃな、モヤシ」

と気の毒そうな顔を向けてくる。「そう気ぃ落とすなよ。オレも学校の奴らに聞いてまわってやるからさ」

「……うん。ケンジ、ありがとう」

労《いた》わりの言葉に思わず涙ぐむと、

「なんだよ。水臭ぇな。オレらダチだろ？　ダチ!!」

年下の友人はそう言って、ロージーの背中をバシッと叩いてきた。その気持ちがうれしくて、無理に笑う。「うん。よろしくね、ケンジ」

そして、友と別れたロージーは、最後の手段とばかりに、エビス経由でゴリョーに連絡したのだが、

『猫かぃ？　悪いが、もう、すでに豚が一匹いるんでねぃ』

『わ、若!?』

『冗談さ。猫なんざ、呑気《のんき》に飼ってるヒマがあるわけないだろう？　ホラ、おまぃさんも情けない面をするんじゃないよ。ますます見れない面になるじゃないか』

Muhyo To Roji No
Mahouritsu
Soudan Jimusyo

『若ぁ……！』


ゴリョーの心底愉快そうな笑い声と、エビスの情けない声を残し、電話は切れた。

「はあー……ゴリョーさんもダメかぁ」

携帯を手にロージーが大きなため息を吐く。

あとはもうローラー作戦しかないと、近所を地道にまわって貰《もら》い手を募ったのだが、

「ゴメンなさいねぇ。うち、小鳥飼ってるのよ」

「悪いね。うちのかみさんが猫アレルギーで」

「悪いけど、猫、苦手なの」

「金魚がいるから、猫はちょっと……」

「一人暮らしだから……」

「このアパート、ペット禁止で」

「ゴメンねぇ」


その都度、すまなそうに頭を振られる。

「ロク、大丈夫?」

「にゃ……」

ロージーが懐の中のロクを気遣う。心なしか、仔猫は元気がないように思えた。ベストの上から小さな背中をやさしくマッサージしてやる。

太陽が差さぬせいか、時折、ぞくりとするほど肌寒い。雨が止《や》む気配もまるでなく、風がないのだけが救いだった。

(早く、早く見つけなきゃ……)

ロージーが唇を噛《か》みしめる。

だが、焦れば焦るほど、時間ばかりが無情に過ぎていった。


「…………はあ……今、何時なんだろ?」

シャッターの閉まった店先で、ロージーが足を止める。足はすでに鉛のように重く、靴の底がだいぶすり減っていた。

腕時計を見ると、夕方の六時十五分過ぎだった。


『三日目の晩までに飼い主を見つけなきゃ、おまえもろとも放り出すからナ』


耳元で上司の低い声が聞こえた気がした。

ぎゅっと目を瞑《つぶ》ったロージーが、幻聴を振り払うかのように大きく頭を振る。

「絶対、見つかるもん!! ううん! 絶対に見つけるんだ!! ね? ロク!!」

無理やり絞り出した気力で、どうにかロクに微笑んでみせる。「そうだ……! ジョーさんやミッチーさんなら……やさしそうだったし、お金も持ってそうだし――」

新たに飼い主の当てを思いついたロージーが、疲れた身体に鞭《むち》打って再び歩き出す。

からみつくような雨の中、人気のない交差点をわたろうとすると、不意に左の足が引っ張られた。


「……………一緒、ニ……デ…………」

「え……？」

恐る恐る視線を下げると、霊化した青白い手が、ズボンの上からロージーの足首をぎゅっとつかんでいる。

その腕の先には、歪《いびつ》に割れた額があり、その下に虚《うつ》ろな目が二つ――。

瞬きもせずにこちらを見つめている。

「イイイイ一緒、ニ…………死ンデデデデ…………？」

「!!」

地の底から響くような声を聞いた途端、心臓を素手でつかまれたような悪寒が全身を襲った。

（……そうだ、こういう薄暗い雨の日は、霊の動きが活発になるんだ）

青ざめたロージーが、腰に下げた魔具袋に手を伸ばす。

ムヒョからもらった昇級祝いのペンとフタがそこに入っている。

だが、袋を開けるより早く、蛇のように長く伸びた髪の毛に自由を奪われた。ベストの中から、ロクが転げ落ちる。

「ロ――」

「ネエ……死死死死死死死死死死ンデ……ヨオォォォ」

「う……うぅ……苦し………」

容赦なく首を絞められ、意識が遠のいていく。

頭の後ろで、おそらくは女のものだと思われる声が、ねっとりとささやいてきた。「ネエエエエエ……一緒ニィ、死ンンンンンンンデ？　オオオオオ願イイイイイイ」

「ぐ――……ロ……ク……逃げ、て………」

朦朧《もうろう》とした意識をなんとか押し留め、濡《ぬ》れた地面に立つロクへと視線を向ける。「早……くっ………」

だが、仔猫は逃げ出さず、女の霊に向かって全身の毛を逆立てた。

「シャアアアアアア!!!」

威嚇するロクに、昏《くら》い洞《うろ》のような二つの目が怪しい光を放つ。

「ネ………、コ？」「!?」

ロージーがぎょっと両目を見開いた。

「ロク！！！！　ダメだ！！！　逃げて！！！！！！」

「クソ猫、ガ……ァ、ジャジャジャジャ……ジャマ邪魔ス、ルナアアアアアアアアアアアアアアアアアアアアア！！！！！！！！！！！！！！！！！！！！！！！！！！！！！！！！！！！！」

霊の長い黒髪が一斉にロクへと襲い掛かる。

「ロクーーーーーーーーーーーーーーーーーー！！！！！！！！」

ロージーの絶叫が雨の中に響きわたった――――――その時。


「――魔法特例法第82項より『銀《ぎん》の鎧《よろい》』を発令する」

「!?」


まるで見えない力に弾かれたかのように、霊の髪の毛がロクから離れた。

いつの間にか、銀色の淡い光がロクの小さな体を包んでいる。

「アホが。仮にも一級書記官が、こんなヤツにてこずってんじゃねェ」

「え…………」

ロージーが信じられないというように、その人物を見る。「な、んで…………ムヒョ……が？」「……――」

事務所にいるはずの上司は、ロージーの問いには答えず、

「一年ぐらい前から、この交差点で不自然な事故死が多発しているそうだナ」

冷たい瞳で霊を見やった。

Muhyo To Roji No
Mahouritsu
Soudan Jimusyo

「そいつら全部、テメェが殺したのか？」

「……イ、一緒ニ……一緒ニ死ノウトシタダケナノニニニニ…………ドウシシシシシテ邪魔スススルルルルノオオオオオオオオオオオオオオォォォォォォォォォォォォォ……！！！！！！！！！！！！！！！！！」

女の霊がロージーを放り出し、ムヒョに襲い掛かっていく。

「ムヒョ!!!」

自由になったロージーが、今度こそ魔具袋から取り出したフダに、素早くペンを走らせる。

「――『魔縛《ましば》りの術《じゅつ》』!!」

放たれたフダが霊の動きを止める。

「ヒッヒ。よくやった。今更だがな」

ムヒョが笑う。

そして、目に見えぬ力で縛られた女の元へと歩み寄ると、

「突然、自分の生を奪われたんだ。誰かれ構わず呪いたくなる気持ちもわからなくはねェ。だがな、だからって、何の関係もない人間を巻き添えにしていい理由にはならねえナ」

そう告げ、厳かな裁きの言葉を唱えた。

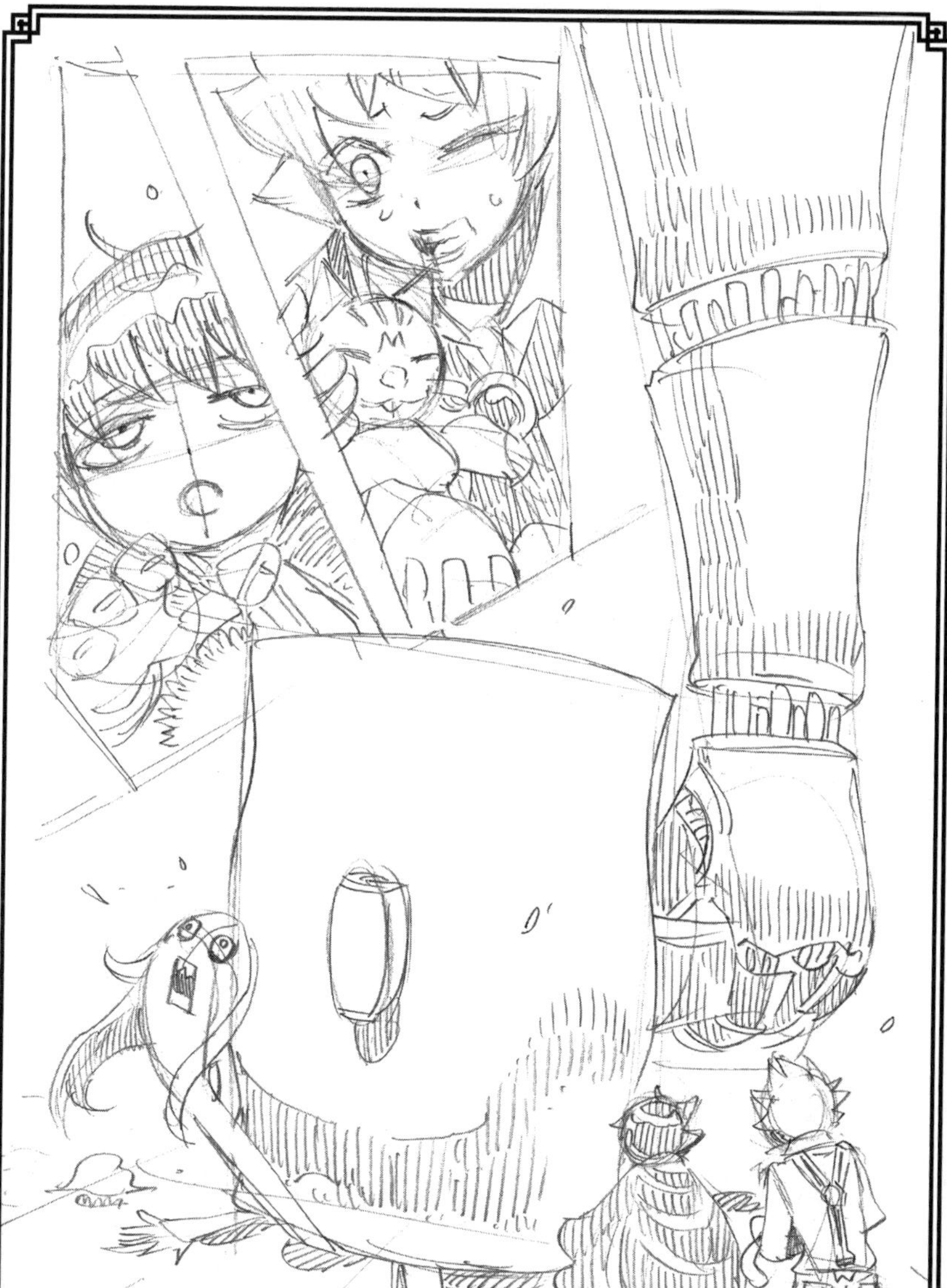

「魔法律第１６２４条『殺人未遂』の罪により、『魔王《まおう》の鉄槌《てっつい》』の刑に処す」

「ア゙アアアアアアアアアアアアアアアアアアアアアアアアアアアアアアアアアアアアーーーーーーーー！！！！！！！！！！！！！！！！！！！！！！！！！！！！！！！！！！」

交差点に憑《つ》いた女の霊は、魔王の手により、初めの一撃で地獄へと堕《お》ち、次の一撃で地獄の土と化した……。

ムヒョが平板な声でつぶやく。

「罪は、罪だ」

あとには、雨だけが、どこまでも静かに降りしきっていた。

「今から一年前、あの四つ角で一人の女がひき逃げに遭ったんだ」

女は学生時代からの恋人と婚約したばかりだった。式場を決めた帰り道、恋人と別れたところの事故だったという――。

「以後、あそこで不審な事故が相次ぐようになったらしいナ」

「……幸せの絶頂で死んじゃったんだね」

ずぶ濡れのロクを乾いたタオルで拭いてやりながら、ロージーが悲しげにつぶやく。

自分の左足をつかんでいた青白い指を思い出す。薬指に嵌《はま》っていたキレイなダイヤのついた指輪を思い出し、尚更、切なくなった。

「婚約者の男の人はどうしたの？」

「知るか」

ロージーの問いかけにムヒョがすげなく答える。

おそらく、婚約者の訃報後は泣き暮らしただろう。だが、もしかすると、すでに彼女を忘れ新しい人生を歩んでいるかもしれない。あるいは、新しい相手を見つけているかもしれない。

彼女だけが永遠の暗闇の中に閉じこめられてしまったのだ。

どんな気持ちだっただろう？

どんなに、悔しかっただろう――。

「だから、あんなことをしてたんだね……一人ぼっちで死んで行くのが悲しくて」

やりきれぬ思いでそう言うと、ムヒョが鼻で嗤《わら》った。

「オメェは、なんでもかんでも善意的に解釈しすぎる。理不尽な死に目に遭おうと、それを受け入れ大人《おとな》しく成仏している奴だっていっぱいいる。それを、てめえが不幸な目に遭ったからって、誰かれ構わず道づれにしてやろうと思った時点で、ソイツはもうただの化け物だ。同情の余地はねェ」

「罪には……罰を？」

「――ああ。そうだ」

ムヒョが眠たげに肯く。

久々に魔法律を使ったせいだろう。

事務所のソファーに腰かけ、うつらうつらしている。その存外に幼い横顔を、ロージーはどうにも気まずい思いで見つめた。

壁の時計は、すでに八時を過ぎている。

ロージーはいつ上司がロクのことを言い出すかと、ハラハラしていた。

その心を読んだかのようにムヒョが、

「……オイ」

とつぶやいた。

「な、何……？」

ロージーがビクビクと上司を振り返る。

ムヒョはソファーに小柄な身体を深く沈めたまま、気だるげな眼差しをこちらに向けてきた。

「そのクソ猫のことだが」「…………」

いよいよだ。

ロージーが音を立てて生唾を飲みこむ。

ロクはといえば、ロージーの膝によじ登ろうと、小さな顔をこすりつけている。その愛らしい様子に、思わずロージーの両目がじんわりと潤む。

（くっ…………ロク、ゴメンよぉ）

胸の中で仔猫に謝罪し、ロージーがぎゅっと目を瞑る。

「――――……」

上司の声帯が揺れ、かすかな音を発した――。

その瞬間、事務所の電話が、高い音を立てた。

「あーあ、行っちゃったねえ……」


閉まった扉に振っていた手を下ろし、ロージーが淋《さび》しげにつぶやく。

たった一匹の猫が消えただけなのに、事務所がひどくがらんどうに寒々しく感じられた。

「ロクのおうちが決まってほっとしたけど、やっぱり淋しいや」

「ア？　やっと、せいせいしたじゃねぇか」

ムヒョがさも鬱陶しげに言う。

ロージーは両の眉毛を下げた顔で、腰に両手をあて「もう、ムヒョはそういうことばっかり言うんだから！」と言うと、改めて深いため息を吐いた。

「――でも、まさか、間違い電話のおじいちゃんが里親になってくれるとはねぇ」

少し前になるが、事務所に耳の遠い老人から間違い電話がかかってきたことがあった。

ロージーが一時間もの間、話し相手になり、ムヒョの不興を買ったのだが、昨夜の電話もその老人からで、しかし、今度は間違い電話ではなかった。

ロージーとの何気ない会話を心底うれしく思ったらしい老人は、閑古鳥が鳴いているという彼らの事務所を案じ――おそらくは、なんとかしてやろうという想いにかられたのだろう――友人知人にふれまわり、霊に困っているという人物を見つけてきてくれたのだ。

『これで、ちゃんとした食事を食べられるじゃろう？』

ふぉふぉと笑う老人に、

『おじいちゃぁん……』

ロージーが感動に声を詰まらせる。

ありがとう、とどうにか口にすると、老人は何かを敏感に感じ取ったように、

『どうしたんじゃ？　何か心配事でもあるんかいの？』

と尋ねてきた。

その言い方があまりにやさしかったので、問われるままにロクのことを話すと、顔を見たこともない老人は受話器の向こうで穏やかな笑い声を立て、

『わしも家内も猫は大好きじゃよ』

そう請け合ってくれたのだ。

そんなわけで、今朝になって事務所にやってきたのは、なんとも穏やかな顔をしたやさしいおじいちゃんと、同じくらいやさしそうなおばあちゃんだった。

ロクはすっかり二人に懐いてしまい、ロージーとムヒョに向け「にゃ」と別れの挨拶をすると、老人の腕に収まり、ゴロゴロと喉を鳴らしながら去って行った。


「あの二人なら、きっとロクを可愛がってくれるよね？」

仔猫の重みの消えた両腕に一抹の淋しさを抱きながら、ロージーがムヒョに同意を求める。

「さあな」

といかにも彼らしい返事が返ってきた。

その横顔に、もし、とロージーが夢想する。

（ムヒョとロクと三人——ううん、二人と一匹で暮らせたら……）


『オイ、クズ助手！　早く、そのクソ猫をどうにかしろ』

『ああ、ロク、ダメだよ。ムヒョのお魚盗っちゃ！　ボクの半分あげるから』

『にゃあ』

『わ!?　ダメだよ!!　全部、食べちゃ!!』

『ヒッヒ』

『こら、ロク!!　ダメだってばぁ～!!』

到底、あり得ない――けれど、もしかしたら存在したかもしれない光景。それに、小さく微笑む。

「間違い電話も捨てたもんじゃないでしょ？」

といたずらっぽく言ってみると、

「オマエのクソお節介が珍しく役に立ったってこったナ」

茶化すように返された。

「クソお節介じゃないもん」

ロージーがふくれてみせる。そして、ふっとその表情を緩めた。「――ムヒョ」と、改めて呼びかける。

「遅くなっちゃったけど、昨日は、ありがとう」

「あ？」

「なんだかんだ言っても、ちゃんとロクのこと気にかけてくれてたんだね？」

そう言って両目をきらめかせると、ムヒョが鬱陶しそうに顔をしかめた。「ふん。ジャビンを買いに行く途中に、偶々《たまたま》テメェのまぬけ面を見かけただけだ」

――だが、このへそ曲がり気味な上司のやさしさを知っているロージーは、込み上げてくる笑いを抑えきれなかった。

（きっと、四谷先生のとこから帰ってきた晩に、ロクをボクのベッドに寝かせてくれたのって……）

ロクを両手に抱え、さも嫌々といった感じでロージーのベッドに入れる上司を想像し、何とも言えず幸せな気持ちになる。

（昨日の晩だって、きっと――）

聞き取れなかった言葉は、ロクの存在を受け入れてくれるものだったのかもしれない。

いや、きっとそうだ。

だって、この上司ときたら、とびきり無愛想で意地悪で口が悪くて皮肉屋で面倒臭がりで、そして、とびきりやさしいのだから……。

「ありがとう」

「ケッ」

ムヒョはさも不愉快そうに舌打ちすると、

「そんなことより、じーさんが言ってた依頼人に会いに行くゾ」

「あ、待ってよ！　ムヒョ」

「さっさとしろ。このヘボ助手」

「はーい」


ロージーが明るく応える。


そして、二人は事務所の扉を開けた。

彼らの救いを待つ人の元へと、向かう為に――。

エピローグ

君を想う

「あーあ、いいなぁー……ロージー君」

洋上某所——第十二魔監獄《まかんごく》の独房内にて、円宙継《まどかそらつぐ》ことエンチューは、山のように積まれた魔法律関連書物の中央で深いため息を吐《つ》いた。

勉強や食事に使用している簡素な丸テーブルに突っ伏すようにして、手の中のスマホ画面を見つめる。

すでに暗記するほど読みこんだロージーからのメッセージをスクロールしながら、友のことが書いてある箇所を念入りに探す。

——そこには、

怒っているムヒョがいて、

呆《あき》れているムヒョがいて、

不機嫌なムヒョがいて、

眠っているムヒョがいて、
意地悪なムヒョがいて、
笑っているムヒョがいて、
皮肉気なムヒョがいて、
少しだけやさしいムヒョがいる。

「…………」

ロージーの目を介して見る友の姿は、ＭＬＳの頃とまるで変わらないようでいて、その実、どうしようもない時の流れをエンチューに感じさせた。

とてつもなく、遠い、遠い距離を……。

どんなに手を伸ばしても届かない、〝今〟のムヒョ。

それを実感する度、エンチューはどうにもやるせない想いに駆られ、メッセージをくれるロージーを――お門違いと知りながら羨んだ。

そんな自分を浅ましいと思う。

手が届かないなど、当然の報いだ。そんなことを思うのも考えるのも、今のエンチューがとても恵まれているからで、己の罪状を考えれば、『無期魔監獄幽閉』という処分は相当な恩情処分に他ならない。

わかっている。
わかっているのに――。

ほんのわずかでもいいから、ムヒョの〝今〟に触れたいとロージーにメッセージを送り、日々の出来事をあれこれ尋ねてしまう。

そんな自分を、エンチューは一方では嫌悪し、一方では受け入れてもいた。

どれほど見苦しかろうと、ムヒョと繋《つな》がっていたい。

（……いつの間にか、ロージー君とも仲良くなれたしね）

エンチューがくすりと笑う。

草野次郎《くさのじろう》は見た通りの男だった。

底抜けにお人好しで、涙もろくて、ちょっぴり抜けていて、呆《あき》れるぐらいにやさしくあたたかい。

自分を破滅させようとした人間に微笑《ほほえ》みかけ、事あるごとに親身になってくれる彼と接する度、さすがはムヒョの選んだ相手だと、一抹の淋《さび》しさと共に思う。

『まったく、コイツぁどこまで信用していいやら危なっかしい奴でよ。オマエと同じで、世話の焼ける相棒なんだ』


戦いの最中にムヒョが口にした言葉――。

ふと思い出す度に、かつてはその場所に自分がいたのだと思い知らされる。

そして、その場所を捨てたのは、他でもないエンチュー自身なのだ……。

「わかっているんだけどさ……」

ため息交じりにつぶやく。

不意に、画面をスクロールする指が止まった。

「あ――」

その色素の薄い瞳が、とある画像をじっと見つめる。

やや粗い携帯のその画像には、どこか友を思わせる黒猫が写っていて、端の方に、ソファーに座ってジャビンを読むムヒョの姿が写っていた。

それに、思わず微笑んでしまう。

「ムヒョ……変わらないなぁ」

相変わらず小さくて、無愛想で、無表情で、近寄りがたくて、おまけに目つきが悪くて――。

「ちょっとは、背、伸びたのかな……？」

変わらぬ友の姿に指先でそっと触れる。

人の温《ぬく》もりとは異なる液晶画面の固い感触が伝わってきた。

「――会いたいなぁ」

つぶやいた声が、独房の灰色の天井に飲みこまれていく。

ＭＬＳからの友人であるヨイチやビコ、それにロージーもこの独房を訪れてくれた。

特にヨイチやビコは、忙しい中から出来る限り時間を作っては顔を見せに来てくれる。

でも、ムヒョは絶対に来ない。

きっと、これからも――。

どんなにエンチューが会いたいと望んでも……。

「会いたいよ……ムヒョ」

もう一度、言葉にしてみる。

さっきよりは、ほんのわずかでも明るい声になっただろうか、などと思いながら、手持無沙汰にスマホを弄《いじ》る。

指先が無意識に文字を刻む。

——いいなぁ……ロージー君。

思わずこぼれてしまった本心だった。うっかり送信してしまうと、ほどなく既読になり、返信があった。

——なら、ボク、もう読んじゃったんで、次に面会に行く時に持って行きますね！

「？　え？　読んじゃったって……え？　何のこと？」

驚いたエンチューが両目を瞬《しばた》かせる。

「あ……——」ほどなく、彼が言っていることの意味がわかった。「もしかして、これのこと？」

先程、エンチューが送ったメッセージの上には、かつての依頼人から贈られたという、本の写真がアップされていた。『4谷先生』という世にも珍妙なサインが書かれた新刊本は、一作品前のベストセラーには及ばないまでも、なかなかに売れているそうだ。

――『夜《よる》の蝶《ちょう》』の映画化効果もあって、本屋さんに四谷《よんたに》先生の本がいっぱい並んでるんですよー！　なんか、すごいですよね？　ムヒョは「ケッ」って興味なさそうだったけど……。

「……うーん、別にそういう意味でじゃなかったんだけどなぁ。ロージー君」

エンチューが苦笑する。

エンチューも学生時代には、天然などと言われたことがあるが、ロージーのそれは筋金入りだ。

けれど、そここそが彼の良い点なのかもしれない。

自分の心の最も弱くて汚い部分を晒《さら》さずに済んだことに、エンチューがひっそりと安堵《あんど》する。

——ありがとう。待ってるね。

当たり障りのない返事を送ると、

——はい！　他に何か持ってきて欲しい物とかありますか？

というメッセージがすぐに返ってきた。

「……欲しい…もの……？」

その文面に、エンチューが両目を細める。

知らず、指が動いていた。

——ううん、何にもいらないから、もし、よかったらムヒョを……

「………——」

そこまで打ったところで、書きかけのメッセージを削除する。

Muhyo To Roji No Mahouritsu Soudan Jimusyo

――何もないよ。また、ムヒョのこといっぱい聞かせてね。


そう書き直したものを送信し、嘆息する。

両目を瞑《つぶ》ると、

『オイ。待っててやらなくもねえ。だから、さっさと魂、元に戻して、帰ってきやがれクソヤロー……!!!』

魔監獄に収容される直前に、ムヒョがかけてくれた言葉が、聞こえた気がした。

「…………ムヒョ」

今も、エンチューが罪を償って出てくると信じ、待っていてくれる友のことを考えるなら、エンチューの方から淋しいとか会いたいとか言うのは、間違ってる。

「――ボクは今、ボクが出来ることをしなくちゃ」

エンチューはそうつぶやくと、スマホの画面をオフにし、読みかけの魔《ま》法律史《ほうりつし》改訂版を開いた。

Mahouritsu
Soudan Jimusyo

再び外に出られた時に、もう一度、魔法律家になれるように。
もう二度と道を間違えることなく、みなと歩んで行けるように――。

自分に出来るのは己の罪を悔い、ひたすらに学ぶことだけだ。

「そしたら、絶対、絶対、会いに行くからね……」

待ってて、ムヒョ――。

胸の中で掛け替えのない人へつぶやき、エンチューが微笑む。
その笑顔は春の木漏れ日のようにあたたかく、そして、やさしかった。
それこそ、彼がかつて母親に向けたそれと同じように……。

Afterword
あとがき

ゲラを頂いたとき「あ、これはもうチェックするところないわ…私」と思うくらい完璧な原稿でした。

打ち合わせの時、矢島先生が緊張していらしたので、遠慮しちゃったらどうしよう…と思って心配しておりましたが、どっこい全然遠慮どころか超フルスロットルの魔法律小説じゃありませんか…!!

私も読みながら何度も吹いたり爆笑致しました(、◁、)

矢島先生、本当にありがとうございました!

西　義之

この度は、『ムヒョとロージーの魔法律相談事務所』のノベライズを書かせて頂き、ありがとうございました。連載当初から大大大好きだった作品のノベライズを、まさか十年後に書かせて頂けるとは！　お話を伺った時は、幸福過ぎて卒倒しそうでした。『大好きなムヒョロジの世界のやさしくてちょっぴり切ない日常がいっぱい詰まった、宝箱みたいな本にしたい……』という想いを胸に、大切に大切に書かせて頂きました。少しでも楽しんで頂けましたら幸いです。

西先生、お会いして色々とお話を拝聴出来、光栄でした!!　そして、お忙しい中、この小説の為に書き下ろして下さったうつくしくも繊細で愛らしいイラストの数々!!　ムヒョがロージーが……大好きなみんなが――！　幸せすぎて号泣しました。

いつもながら抜群の安定感で導き、随所に笑いを織り交ぜつつ、厳しく軌道修正して下さった心やさしい担当の六郷様&温和な癒し系中本様、j-BOOKS編集部の皆々様、ジャンプ+担当の玉田様、この本に携わり、様々な面でご助力下さった沢山の方々。――そして、本書を読んで下さった皆様に、心からの感謝を贈りたいと思います。

本当に本当にありがとうございました。

最後になりましたが、祝・続編、祝・アニメ化！　ムヒョロジは永遠です……!!!

矢島　綾

初出　本書は書き下ろしです。

ムヒョとロージーの魔法律相談事務所

魔法律家たちの休日

2018年8月8日　第1刷発行

西義之／矢島綾

装丁
BeeWorks

編集協力
株式会社ナート

担当編集
六郷祐介

編集人
千葉佳余

発行者
鈴木晴彦

発行所
株式会社 集英社
〒101-8050　東京都千代田区一ツ橋2-5-10
編集部 03-3230-6297　読者係 03-3230-6080
販売部 03-3230-6393 (書店専用)

印刷所
凸版印刷株式会社

Printed in Japan ISBN978-4-08-703459-2　C0093

検印廃止

物語は動き出す!!

本書のご意見・ご感想はこちらまで！

http://j-books.shueisha.co.jp/enquete/